一瞬一隅

——我が昭和の記憶、平成の記録

山口 範雄

昭和の底辺を担った父母に捧ぐ

父は激戦のノモンハンから生還し、戦後は勤勉な会社人間、誠実な家庭人として日本の復興を底辺で地道に支えた。低学歴ながら親鸞に傾倒し、趣味の園芸は一頭地を抜き素人の域を脱していた。真摯なる生活態度、自らに厳しい倫理観、学問・文化への敬意などを以て、万難を排して我が人格形成に全精力を投入してくれたことに想いを致す。

母のひととなりは戒名「勝室律道大姉」そのものであった。父・勝雄の妻として、家庭を律儀に営むことを命題としていた。その愚直さは息子の溺愛にも繋がっていたのかもしれない。

我が人生の第四コーナーを回り込んだ今、生前、父の堅固なる精神と母の慈愛に応えるべき何事も為しえなかった不孝を想いつつ、深甚なる謝意を込めて本稿を捧ぐ。

令和元年八月

『一瞬一隅』もくじ

Ⅰ　昭和中期

Ⅱ

昭和後期

Ⅲ 平成全期

I 昭和中期

哀しき玩具

父はノモンハン事変の生き残りである。結婚前の二十代中頃に召集を受けモンゴル、ホロンバイル平原の前線に赴いたらしい。この事変は暴走する関東軍が初めて近代的装備のソビエト軍（現ロシア）と戦火を交え、大敗を喫した局地戦としてよく知られている。

私も中学生の頃だろうか、タコ壺（一人用塹壕《ざんごう》）での白兵戦、棒の先に括った火薬を敵戦車のキャタピラー下へ差し入れる話、補充兵ほど現場感覚が乏しいため真っ先に犠牲になることなど、生々しい戦闘経験を何度か聞かされた。

この事変が関東軍の惨敗であったこと、その主要因が新京、東京の企画参謀の無謀な戦略にあったこと、前線部隊の勇戦力闘がソビエト側を驚かせたことなどは、戦後の解析で明確になっている。例えば、ソ連軍を指揮したジューコフ将軍はスターリンに日本軍の評価を問われた時、兵士や若い指揮官に対する高評価とは裏腹に、高級将校の評価は手厳しいものだったという。

前線にいた父も戦後のメディアの解析記事で、その真相を知ったようで、その趣旨の新聞切り抜きがセピア色の中隊長や戦友の写真とともにアルバムに挿まれていた。

凄惨な戦陣を無傷で生き抜いた父は、後に金鵄勲章を下賜されている。

私が中学生の頃、この一連の話の最後に、その金鵄勲章が私の幼児の頃のオモチャになっていたと父は笑いながら言った。

その頃、私には父の笑いの奥に隠されていた非情な前線体験や指導層への怒りに想いを馳せる能力はなかった。それがまた、父の言葉にならない〝不条理感〟を増したことだろう。

平成二十七年（二〇一五年）九月、安倍政権は国民世論の趨勢を無視して、解釈改憲による集団的自衛権容認を含む安全保障関連法案を成立させた。

ギンシャリ

終戦直後は極端な食糧不足で、特に主食の米はわずかな配給米に限られていたので、芋や蕎麦掻きなどの代用食や、米に芋や麦などの雑穀を交ぜて食べていた。我が家では非常に特殊な炊き方をしていたらしい。芋や麦との混合米を炊く際に、少量の米を入れた小さな布袋を釜の内側に吊り下げ、袋の上端を蓋の下に挟みこんで炊く。炊きあがると雑穀交じりのご飯を両親が食べ、私には袋の中の〝ギンシャリ〟をよそったのだと言う。一人息子の溺愛である。二歳下の弟を〝栄養失調〟などという診断で生後わずか百日で亡くして以来、両親は一人息子の食事に極端な気遣いをしたらしい。気遣いは食に限らず着るもの、履くものから文房具、弁当箱に至るまで行き届いていたので、我が持ち物、身の回り品は何かと周囲の子供達と一風変わったものが多く、〝みんなと同じ〟がいい我が気持ちは、いつも縮こまっていた。

生意気盛りになって親に口ごたえをし、長じて親の意向に反する行動をとった時に、母は〝あんなに大事に育ててやったのに〟とよく愚痴を零したが、そんな時は間違いなく我が記憶には無い〝袋炊きのギンシャリ〟が想起されていたのである。

自分が親となり、祖父になって、殆ど同様の〝親バカ・ジジバカ〟を為出かす時、この類の〝バカ体験〟はなかなか学習効果を生まないものだと自嘲しつつも、〝袋炊きのギンシャリ〟を感謝と懐旧の念をもって想い出している。

一升瓶の米搗き

終戦後は、生活の全ての分野で極端な〝モノ不足〟時代だった。それでも庶民の暮らしの知恵は、なかなかに強か、かつ多彩であった。

米穀通帳に基づく配給米は精米されていなかった。子供達は一升瓶の中で、はたきの柄など細い棒を使って糠取りの作業をさせられた。糠は漬物作りの糠床の材料になり、木綿袋に入れて敷居磨きなどに使われた。

電極付きの鋳物製の蒸し器で蒸しパンなども作り、米不足の代用食となった。

小麦粉は、進駐軍（米軍）からの払い下げ物資だったのではなかろうか。

カルメ焼きなどという砂糖菓子も手作りした。柄の短い銅がねのおたまにザラメ糖を少量入れて直火にかける。溶け始め、泡立ってきた頃合いを見計らって重曹を加え、一気にかき混ぜると、フックラと膨らんだ砂糖菓子が出来る。

この〝頃合い〟の見極めがなかなか難しく、成功率は上がらなかったが、その過程をも面白がって、団欒のよすがとしていたように想う。

ヘビースモーカーの父は、手巻きタバコを吹かしていた。掌中に納まるようなロール付きの金属製の小道具を持っていた。その上に薄紙の小片を置き、配給の刻みタバコを載せ、クルリとロールを一回転させ、合わせ目をひと舐めすると〝一本、出来上がる〟のである。薄紙には、勤め先の辞書の会社から辞書用の紙を持ち帰り、〝これが一番〟、〝小さな汚職〟と言いつつ母と笑っていた。

戦後、物資不足が新たな工夫を生み、細やかな成果が小さな満足を齎《もたら》し、セピア色の日常が微かな色を帯びる。その彩が暮らしに膨らみを創っていた。

モノが溢れかえっている現代日本社会で、物量に比例した裕福感は得られず、また物量の眩しさの中で〝暮らしの色合い〟は霞んで見えなくなってしまいがちだ。単なる懐古趣味に陥るのではなく、節度をもって物質の豊かさを踏まえながら、暮らしの中に情趣を保つ——合理と情理の織りなすライフスタイルを築き上げたいと想う。

タマゴは貴重品

食糧不足の時節、鶏卵は貴重品であった。和菓子などが詰まっていたボール箱に、もみ殻を緩衝材として鶏卵を詰め合わせ、病人のお見舞いやよそのお宅への手土産にした。

家庭料理の食材としても欠かせないので、多くの家で鶏を飼っていた。我が家でも庭先の排水溝の上のスペースを利用して小屋掛けをし、一羽飼っていた。刻んだ大根の葉にフスマや、貝殻を砕いた粉などを混ぜた餌やりと、毎朝産み落とされる卵の取り出しは、私の役目であったが、これがなかなか厄介な仕事であった。大人が採卵する時は鶏もおとなしく見ているのだが、子供が取り出そうとすると、そうはさせじと我が腕に嘴で攻撃をかけてくるのである。或る朝いつものように足音忍ばせて鶏小屋を覗いてみると、鶏が死んでいた。

野生のイタチの仕業だという。

昭和後期から平成にかけ鶏卵は「物価の優等生」として日本人の栄養を支えてきた。その間採卵を目的とした養鶏場やブロイラー生産工場なども観る機会があったが、そのたびに卵を収奪され、イタチに襲われることがあったとはいえ、ヒトの子と〝対等に〟生きていた頃の鶏のシアワセを想った。

父の絵心

六畳と三畳の二間だけの我が家では全ての壁際には箪笥や物入れが並んでおり、絵画などを掛けるスペースは殆ど無かったが、それでも戸棚の上に安置してある小さな仏壇の横にサムホールほどの小さな油彩画が落ち着かぬ風情で掛かっていた。父が若い趣味人からもらったらしい静物画だった。皿に載った一房の葡萄が丁寧に描かれていて、制作者の誠実さが滲み出ていた。

狭小な家屋にはややバランスを欠く一間の床の間が付いていたが、片隅には父の本棚が鎮座していた。それでも父は二本しかない掛け軸を、正月に淡彩の梅花、六月に水墨の風景を掛け替え、その前に趣味の盆栽を一鉢置く。

年末の晴天の日曜日、襖の張り替えをする。父は器用で毎年、ぴんと張った出来栄えで絵柄も子ども心に〝素敵な和風〟だと思った。

或る時、父が鷲の頭部を描いた鉛筆画を見せてくれた。鋭い眼光と鋭角の嘴が見事でびっくりした。植木造りと大工仕事が得意の〝無骨な屋外派〟の胸中には絵心も備わっていたらしい。息子にもその心を育てようとしたのかもしれない。ゴッホ展やミロのビーナス展、フランス・ルーブル展など、しばしば上野に連れて行ってくれたことを想い出す。

高円寺駅頭風景

中央線高円寺駅付近は、現在高架線でその下を道路が南北に通じているが、昭和二十年代には線路と道路は地上で交差しており、踏切には手動遮断機が設置されていた。踏切の両サイドの小舎には踏切番のオジサンがいて、電車の往来に合わせて満身の力を込めて手動ハンドルを回して遮断機を昇降させる。待ち切れない人が半開きの遮断機の下を潜り抜ける。遮断機が全開になるや車や自転車が殺到する。

朝夕のラッシュアワーには〝開かずの踏切〟状態になったりしていた。街路沿いには生鮮三品を扱う八百屋、肉屋、魚屋や、モダンデザインの服地を扱う店などが軒を連ね、電柱のスピーカーは歩行者に店舗宣伝を流す。雑踏と喧騒が戦後からの復興の息吹を吹き出していた。

一方で、踏切横にはこんな難しいものを誰が読むのかと思うような社会科学、社会思想、哲学など専門書籍ばかりを並べた古本屋があった。高円寺界隈は動的な日常と閑静なる思考が同居する街であった。

駅前広場には客待ちの人力車が列を成していた。タクシーではなくハイヤーのイメージである。子供心に〝あれはオカネモチが乗るもの〞と思っていた。

広場の中央の鉄柱の上に街頭テレビが設置されていた。勤め帰りのサラリーマンや買い物ついでの主婦が通りすがりに見上げていた。我々子供たちは大相撲やプロレスの大勝負を観に行った。鏡里も吉葉山も力道山も駅前広場で応援し、その興奮は家に帰りついても収まらず、夕食の卓袱台で家族に声高に報告した。あの興奮は単に勝負の面白さに反応していただけではなく、遠く離れたものを具に観られる不可思議、電波が齎す魔力に対する興奮がその底流にあったように思う。

新たな技術開発をし、生み出された技術を社会構造の中に位置付け、その結果我々の生活が豊かで便利になる――そういう人間社会を創り出している大人達を見上げて、子供達は〝早くああいう大人に成りたい〞と想っていた。

遮断機のオジサンのおかげで電車も車もスムーズに通行できるし、電気工事の技術者が保全・修理してくれるので、街頭テレビは終日放映できていた——庶民も皆それを知っていた。

液晶テレビ、スマートフォン、３Ｄプリンターに囲まれて、それらを使いこなしている子供世代は、技術の素晴らしさは観取していても、それを創出し社会構造に組み込んだ世代への敬意には繋がっていないのではないか。技術と暮らし、創出世代と活用世代の間に膨大な貨幣経済が介在し、両サイドはお互いを見通し難くなっている。学校教育や社会教育の場で、この三相構造と貨幣経済が繋いでいる両サイドの二相をしっかり認識させるべく努力すれば、もう少しソフトな人間関係と想像力に富む現代版のゲマインシャフト的なコミュニティが出来るのではないだろうか。

〃あっさり、しんじめえ〃

昭和二十年代、物売り、ご用聞きなど様々な人が町内を巡回していた。朝一番で新聞配達のオニイサンが郵便受けをがさつかせた後、納豆売りや味噌汁需要を目掛けて、豆腐屋、貝売りが扱い品を叫びながら回ってくる。豆腐屋はラッパを鳴らしながら〃とーふぃー〃、貝屋は〃あさりー、しじみー〃——口の悪い族はこれを真似て〃あっさり死んじめえー〃。

午前中には酒屋のご用聞きや千葉の行商のオバサンが、昼下がりには屑収集のオジサン、ガス・水道の使用量測定者、夏季には金魚売りまで来た。夕方、再び夕刊配達が来た後、冬の夜には焼き芋屋や夜啼きそばも時折回ってきた。それらの多くの人は定期的に決まった時間帯に現れるので、顔見知りになっており、町内の暮らしに組み込まれ和みある地域社会の一要素になっていた。

流通網の発達と物流機能の合理化とともに多くの行商人が姿を消し、情報システムとＣＶＳ（コンビニエンスストア）システムの浸透が町内の街頭風景を一変させ、モダンでスマートな、匿名性の高い街並みとライフスタイルに変貌した。便利で効率的で小ざっぱりとしたニュータウンに人肌の温もりを感じさせる佇まいとヒューマニティ溢れる交流ができる仕組みを創り出せるか——それが我々、平成に生きる人間の課題である。不幸な東日本大震災や熊本地震の後、その兆しが生まれた。地方創生、農業の六次産業化、都市と地方の交流などがこの兆しを育て本流になることを期待したい。

鋳物の三輪車

家計の遣り繰りに苦労をしていた両親も、一人息子の成長に有益だと考えられるものは工面して買ってくれたらしい。三輪車もその一つで、近所に三輪車を持っている子は少なかった。私が家の周りを乗り回していると、必ず近隣の子が飛び出してきて共に三輪車乗りに興じた。一人ずつ交代で乗ったり、サドルに座った漕ぎ手の後ろの踏み板にもう一人が立って、二人乗りを楽しんだりした。

一つだけ小さな悩み事があった。父には、我が子に他の子と違うモノを与えたいという考え方があったようで、父が買ってくれたモノは一般的に普及している型とは違う、車体から車輪まで鋳物製の三輪車だった。ゴムのカバーの無い鋳物剝き出しの車輪は、どこを走ってもガラガラと大きな音を立てる。それでも走る楽しさは気恥ずかしさを忘れさせ、路地裏を駆け回っていた。

その頃、大きな遊園地に行くと垣に囲まれた専用コースがあり、ペダルを踏むとモーターが起動する子供用ミニカーが有料で乗れるところがあり、子供達の人気の的だった。道路規制をクリアできる工夫がされたのだろう、間もなく路地でこのミニカーを乗り回す子供を見かけた。所有欲を強く刺激されたが、両親の苦労が何となく分かりかけていたからだろう、欲しいとは言い出せなかった。

日本の経済社会の発展とともに、自転車、人形、バイク、自動車、ゲーム機、ゲームソフトなど、子供や若年世代の購買欲を刺激するものが次々に登場した。成長を促進するもの、生活の幅を広げるもの、新たな可能性を引き出すものもあれば、ライフスタイルを変えてしまうもの、成長ステージに合わないものもあり得る。親世代、近隣社会、日本社会全体で新たに創出される次世代向けの文明・文化に対する観方、考え方の議論を深め、〝我が家流〟を親子で共有できるための社会的素地を創り出していきたいものである。最近の〝ゲームソフト現象〟を観るにつけ、その感を強くする。

バナナと缶詰パイナップル

父は勤め帰りにしばしば〝お土産〟を買ってきた。定番は仲通り商店街の和菓子やの栗饅頭か、夏場には色つきのほんのり甘いアイスキャンディーだったが、或る週初めの夕方、バナナを買ってきた。今でこそ一房売りのありふれた大衆果物に成り下がってしまったが、当時は一本売りの高級フルーツであった。生まれて初めて遭遇したその馥郁たる香りと、口中に粘りをもって広がる品格ある甘味に〝世の中にはこんな美味があるのか〟と眼が丸くなるのが分かった。食べ終わった後に残った厚皮が果肉と同じような香りがあり、捨て難く、積木やがらくたを放り込んである父手作りの玩具箱の蓋に載せておいた。翌日観ると周辺がやや茶色にくすんでいるが、昨日よりだいぶ強い香りがするので、その日も蓋の上に戻した。週末まで繰り返し濃厚な香りを楽しんだが、褐色から黒ずみ始めたのを見て、呆れた母が処分してしまった。

同じような経験がもう一度あった。パイナップルの缶詰である。皮を剝き芯抜きしたパイナップル一個を食べやすい厚みに輪切りにしシロップ漬けの状態でスッポリと缶に納まっている。三人家族で二、三枚ずつ皿に分ける。ラベルに印刷された刺々しいズングリ型のものが、どうしてこんな整然とした美形になるのかと不思議だった。陽光が凝縮したような濃厚なレモンイエローと厚みのある香り、トロミを含んだ甘味、繊維感あるシッカリ食感――これらが鼻腔から口腔いっぱいに溢れかえる。〝アメリカさんはこんな美味しいモノを食べているんだ〝

昭和二十年代、我々は「食の喜び」をかなり頻繁に経験した。米軍兵がくれたハーシー・チョコレートも学校給食の揚げパンも三立製菓のクリームサンドも、砂糖と油脂の味覚経験が乏しい子供の舌には〝シアワセ〝が纏わりついた。

平成の今、〝飽食〝経験も通過して食の喜びの深淵が随分と浅くなってしまったような気がする。

紙芝居

昭和二十年代は庶民が楽しめる娯楽が少なかった。
それでも子供たちは遊びの天才だった。縄一本あれば縄跳び、空き缶一つあれば缶蹴り、何も無くても下駄隠し、鬼ごっこに興じた。しかし、子供達に圧倒的に人気があったのは紙芝居である。

午後三時ころ、子供たちが学校から帰った頃を見計らって、広場に自転車で乗り付けたオジサンは、拍子木を鳴らしながら町内を一回りする。広場に戻って来ると、もう十四〜十五人の観客が待ち受けている。オジサンは自転車の荷台に乗せた三〜四段の引出を開けると、子供達から注文が飛ぶ。「水飴」「ニッキ」「ナメクジ」などなど。水飴は短く切った割り箸に一掻きの水飴を引き出しのアルマイト製弁当箱から掬ってくれる。二本の割り箸で捏ねていると、空気が取り込まれて透明な水飴が白濁してくる。甘さが増すような気分になる。捏ねては一舐め、また捏ねては一舐め、紙芝居を観ている間、甘味を〝玩味〟するのである。豪華品種は軽焼き煎餅で挟んだものもあった。「ニッキ」はセロファンらしきシートを捩って表面積タップリの細い棒状にした〝ココリ〟に、香辛料・ニッキを塗布してある。しゃぶりながら、物語に聴き入るのである。「ナメクジ（舐め籤？）」は縦横二センチくらいの薄い飴板に数字が穿《うが》たれている。口中で上手に転がしながら、数字を抜き取ることが出来たら、その数字飴をオジサンに見せると、もう一つくれる。これを繰り返すと、紙芝居のストーリーが完結するまで、甘味をエンジョイできるのである。砂糖が盆暮れの贈答品であった時代のささやかな〝口楽〟である。

今どきの〝ママゴン〟だったら、直ちに保健所かどこかに飛び込むかもしれない。当時は、大らかな親が多かったのだろう。引き出しの在庫はすぐに完売していた。駄菓子売りが一段落すると、いよいよ子供小劇場の開幕である。出し物は、なかなかバラエティーに富んでいた。「サザエさん」「黄金バット」「少年探偵団」「笛吹童子」などなど、どれも人気があった。著作権はどうなっていたのだろうか。オジサンの語りも名調子だったと思う。三本くらい上演が終わると、子供たちは満足げに解散、オジサンは次の口演場所に移動していった。

丸い弁当箱

幼稚園は線路向こうの鎮守の森の隣にあった。帰り道の豆腐屋で飲ませてもらう井戸水と、昼の弁当が毎日の楽しい日課であったが、ひとつだけ嫌なことがあった。

父が買ってきてくれたアルマイトの弁当箱が丸いのである。みんなの弁当箱は四角か楕円形なのに、私の弁当箱だけが真ん丸なのである。珍しがって皆が覗き込む。恥ずかしさに耐えられず、母に頼み込み、ご飯弁当をやめてしまった。毎朝、ゆで卵と果物を持ち、パン屋で菓子パンを二個買い、弁当代わりにした。貧しい家計には結構な負担だったと思うが、一年間変わることなく続けてくれた。

或る時、ゴム製の運動靴を買ってきた。大抵の子が布製の運動靴を履いているのに、我が運動靴だけがゴム製で、何とも〝恰好悪い〟。間もなく履くのをやめてしまった。母は一人っ子の駄々に弱かった。

〝皆と同じ〟横並びを是とする感覚が五歳児の中に育っていたことになる。ルース・ベネディクトの「恥の文化」や、中根千枝の「タテ社会」論で定型化されて以来、日本人の基本的共通性と観られてきた判断尺度が就学前の子供の内面にも定着していたのだろう。このことは、家庭が社会的価値の伝承の場として機能し、一億人の人間集団が概ね共通意識を持って、経済成長路線を駆け上がっていく促進要因になっただろう。裏返せば、家庭がその伝承機能を失った現在、価値観は多様化し、社会の歩みも多元化し、その分、効率性は減殺される。

それは悪いことではなく、むしろ歓迎すべきである。

しかしながら、家庭が価値観伝承の機能喪失に止まらず、人間基盤構築の機能まで失うとすれば、それは日本社会の基盤崩壊に繋がる。

その兆しが見え始めてきた今、家庭の在り方、次世代育成における家庭と国家・行政の分業体制について、社会コンセンサス醸成とその制度化に取り組むべき時である。

青大将がいた

衣食住の確保が精いっぱいで社会投資などには金が回らなかった終戦直後の日本では、杉並の地・高円寺界隈では公園もなかった。子供達は何の道具も必要としない鬼ごっこやかくれんぼに興じていた。

或る時、周囲より少し低くなった窪地に生えている、子供が身を隠せる喬木の陰に回り、樹陰から鬼の様子を窺おうと幹を摑むと、グニャリと思いもしない触感があった。あわてて手を引っ込めて〝幹〟を見ると、腕の太さ程の蛇が幹の上方へ絡みついていた。杉林や茂みが色濃い杉並には青大将などが自生していた。木造家屋の天井にはネズミが棲みついており、青大将がネズミを求めて天井裏を徘徊していることすらあった。昭和初期の杉並町荻窪に住んでいた恩地孝四郎の『博物志』にもアヲダイショウが登場する（注1）。両生類や爬虫類の小動物が身の回りによく見られ、イモリや蛙などは元気のよい子供達にもてあそばれていた。春の訪れとともに池にオタマジャクシを見つけ、初夏の軒先に飛来する燕の子育てを眺め、秋には虫の音の種類を話題にした。

近年、ペットの犬猫は別として、都会の日常生活で話題になるのはごみ箱をあさる鴉、夏休みにデパートで売られるカブト虫、たまに台所で一騒動となるゴキブリあたりだろうか。

身の回りの共生生物から隔絶され、生物界の〝一員感覚〟の喪失は、想像以上に我々の文化基盤、情緒性に大きな取り返し難い負の影響を齎しつつあるのではないだろうか。

PTA会費

国語教育者・大村濱の評伝（注2）に、決して豊かではなかった家計の中から母・くらが工面しつつも、任意であったPTA会費をはま姉妹に持たせる件があるが、その頁を読みながら就学間もない頃の苦い朝の記憶が蘇った。

我が就学時にはPTAは全児童の親が入会する制度になっており、従って全ての家庭が会費を払う決まりであった。或る日、先生から会費納入の期限が伝達されたが、その日は父の月給支給日の直前であった。納入期限の朝、母は月給支給日の翌日に持って行くよう私に伝えた。数日遅れのことなので母は問題無いと考えていたのだろう。「学校の先生の言うことは絶対――必ず守らなければならない」と堅く思い込んでいる〝一人っ子・小学一年生〟には、家計状況を慮る視野は無かった。何が何でもその朝の持参を譲らぬ幼い強情と、それを叶えてやれない母の哀切の想いとがぶつかった。私を十七歳で産んでいる母は、日頃から他の母親に後れをとらないよう〝肩肘張る〟想いもあったらしい。

毎朝一緒に登校する隣の〝クニちゃん〟が迎えに来たが、雰囲気を察知して一人で登校してしまった。その後、〝クニちゃん〟のお母さんに連れられて私は一時間遅れの登校となった。

この一件以来、〝溺愛息子〟の心の一隅にもうっすらと家庭環境への視野が生まれたような気がする。

大村濱の評伝には、母子が婦人雑誌や学童雑誌を定期購読していたことが記されている。我が家でも母は「主婦之友」、私は「小学一年生」など学年ごとの小学館月刊誌を継続購読していた。

我が読書習慣は馬齢を重ねるごとに欠かせない愉しみの一つとなっているが、その原点は大村家同様、我が母の〝家計のやりくりによる文化への心遣い〟のおかげだと感謝している。

誂えの革靴

一枚のモノクロ写真がある。父が一人息子の新入学の記念にと、陸軍軍属気象部時代の友人で、その後、写真屋となった方に、入学式の朝、撮ってもらったものである。私立校の制服を模したらしき上下服も誂えの牛革靴も父が懇意にしていた友人が、父の依頼により、わざわざ大きめに仕上げられている。〝お下がり〟が利かない一人っ子の悲劇で、物資不足の時代、常に大きめのサイズをツンツルテンになるまで、着せられていた。

小学校入学。体の大きさにあっていないオーダーメイドの牛革靴をはいて。

オーダー・スーツは長じてから、短躯の我が身には重宝なので購入するが、靴を誂えたのは、後にも先にも、この時限りである。低学歴のサラリーマン家計には、かなりの身分不相応な出費であったはずであるが、一人息子の成長を祝う親心は、そんなハードルを当然のように超えたらしい。その万分の一の恩返しも、できていなかったことを、今にして想う。異国の底辺に生きる人々への寄付行為などで、合いもしない辻褄合わせをしている。

飴玉はおやつの親玉

おやつとしてさつま芋を干した乾燥芋、蕎麦粉を熱湯でペースト状に練った蕎麦掻き、粗目《ざらめ》糖を溶かしながら重曹で膨張させたカルメ焼などを食べたが、何といっても一番人気は飴類であった。子供相手の駄菓子屋にはピンポン玉ほどの飴玉が一個五円で売っていた。これを一個小さな口に放り込み、頬の内側に収まると後は動きがとれない。この不自由な甘さが何十分も続き、次第に溶けて自由度が増してくる過程を大いに楽しんだ。

キャラメル類も人気があったが、オマケカードが付いたものが特に男の子の間で評判になった。丁度プロ野球の興隆期で東京の少年達の間ではジャイアンツが断然人気があり、これに眼をつけたメーカーがジャイアンツ・ナインの写真カードや二塁打、本塁打などのカードを一箱に一枚ずつ封入し、その集め方により景品を引き換えることが出来るようにした。ナインが揃うと野球用具がもらえたりするのだが、水原監督のカードが少なく、容易には揃わなかった。物資不足の時代に合わせた巧みな販売促進策だったのである。今なら、PTAやママゴンの物言いがつく処だろうか。

尤も射幸心理や収集欲は古今東西、ヒトには共通しているようで、大人から子供までその部分を刺激する趣味やゲームは、連綿として人類史の一廓を占めている。

井戸端〝談義〟

高円寺駅から徒歩七、八分の路地の突き当りにある四棟、六世帯分の賃貸住宅の一棟・二軒長屋に両親と三人で住んでいた。四棟の真ん中に手押しポンプの井戸があり、それが六世帯の唯一の水源で、炊事、洗濯、清掃、植栽への給水など全ての水需要を賄っていた。炊事など屋内使用分は大バケツに汲み込んだものを台所の流し場に置き、必要分を柄杓で小出しに使う。雨天には傘を片手の水汲みであった。父が育てていた何十鉢もの菊・朝顔などには大き目の如雨露を使い、何十回となく井戸端と庭を往復する。小柄で病気がちの母にはかなりの重労働であったはずだが、黙々と熟していた。洗濯の時間はどこの家庭でも朝食の片付け後になるらしく、よく重なっていた。多い時は四人が井戸端に盥を持ち込み、洗濯板での揉み洗い作業が始まる。しゃがんだ姿勢といい、手もみ作業といい、単純で疲れ易い作業であるが、オシャベリしながらの結構楽しげな作業にも見えた。洗いや濯ぎには大量の水を要するため、我々子供達は水汲み労働力として駆り出された。聞くともなく聴いていれば、三面記事のこと、子供や学校のこと、食材のこと、映画やラジオ番組のことなど、話題は他愛も無く広範囲に飛び交っていた。然しそれらは、今から思えば、情報交換や近隣のヒト達との距離感の把握など、頼りになる穏やかな〝向こう三軒両隣〟のコミュニティ造りに確かな役割を果たしていた。

明確な目的を持った「会議」と、意思疎通の中から共有意識が産み出されてくる「談義」が、二つながら上手く組み込まれた集団、組織、社会が永続的に良い結果を齎すような気がする。昭和の頃、あちこちにそれとは意識せずに機能していた「談義」が「会議」に置き換わり過ぎたように思う。

銭湯〝並の湯〟

二軒長屋の借家には自家風呂は無かった。洗面器に石鹸箱、タオルを持って近くの銭湯〝並の湯〟に行った。下足箱に履物を入れ、男湯の入り口から入り、番台のオジサンに料金を払う。脱衣籠に衣類を入れ、体重を量って浴室に入る——これが入浴前の段取りであった。洗い場には両サイドの壁面と中央の長台の上に鏡面が取り付けられ、給湯・給水のカラン（蛇口）が並んで設置されていた。正面奥に湯温の異なる大きな浴槽が二つあった。正面の大壁面にはペンキ画が描かれており、定期的に描き替えられた。富士山であったり、安芸の宮島であったり、どこかの湖水風景だったりする。それらを観ながら世間話が交わされる。〝並の湯〟が休業の時は少し離れた〝杉の湯〟に行った。どちらも杉並区から一字を摂った屋号だろうが、内部レイアウトも似たり寄ったりだった。

髭を剃る人、孫らしき子に背中を流させる人、三助に肩を揉ませる人、湯船で屁を放る人などなど、浮世風呂は庶民の〝百態丸出し〟で北斎漫画を観るようであった。五月五日には菖蒲が投げ込まれ、冬至には柚子が湯船に浮き季節感も演出された。小学校低学年の平日は帰宅後の父と行くことが多かったが、高学年になって週末には隣の竹馬の友〝クニちゃん〟と一緒に、三時の開業時間に合わせて出掛けたりした。高天井の天窓から差し込む午後の日差しの下、人気の少ない浴室で沸かしたての湯船に浸かって湯桶の響く音の合間に、蜩が聞こえたりすると、子供ながらに〝銭湯気分〟を感じていたような気がする。

井戸端〝談義〟が母たちの情報交換、隣組の距離感共有の機能を果たしていたとすれば、銭湯〝談義〟は近況交換、社会通念の共有に恰好の場であり、こうした機会がフェイス・トゥ・フェイスのコミュニティ形成に役立っていたのではなかろうか。

機能主義中心の現代社会に昭和の時代が持っていたこの世代横断的で肩肘張らない〝談

義の場〟を創り出す必要がある。

コロッケは絶品

高円寺の細い小路のドン詰まりの借家の長屋に、親子三人で住んでいたころ、一汁三菜などという贅沢は出来なかった。夕食も〝一汁一菜〟であった。

その〝一菜〟が〝我が嫌悪メニュー〟の大根の煮つけや、鰯の丸干し焼きの時は、不幸な一夕となる。最も幸せなのは、一個五円のコロッケが二個、刻みキャベツと皿に盛られる時である。

コロッケとキャベツの上から、タップリめのウスターソースをかけ、その上に一膳の熱々ご飯をのせる。（ここまで話すと、大抵の方が唖然とした顔をされる）サックリ衣とシットリ・ポテト、シャッキリ・キャベツとホッカリご飯が、ウスターソースの欧風風味が口の中で、得も言われぬハーモニーを醸す。こんな美味いものを誰が発明したのだろうと思った。細い小路から仲通りに出る角に肉屋があった。一家三人分、六個のコロッケを頼むと、経木に三個ずつ二段重ねにし、緑色の再生紙に包んでくれる。きっと再生紙のくすんだ色を鮮やかにするためだろう緑色インクで染められ、油脂が染み出ないようにニス掛けがされていた。まだ包装紙の安全性など誰も考えも及ばない時代であった。肉屋のオジサンが手慣れたリズムで包んでくれるのを待ちながら、今夕の卓袱台の楽しみを想ったものである。

先日、俳優の高橋英樹氏が新聞のコラムで寸分違わぬ〝美味しい思い出〟について語っているのを読んだ。同世代の〝いい男〟が急に身近な人に思えた。切り抜き帳の「コロッケ」の頁に保存してある。

愛媛の雑煮

郵便物の誤配がきっかけで交流するようになり、我が学習指導なども買って出てくれた近所の下宿生が、彼女の弟が私と同じ年齢であることから、冬休みの帰郷時に私を愛媛のお宅に帯同してくれる話が具体化した。

東海道線、山陽線、宇野からの連絡船を乗り継いでの初めての長旅は、過保護でひ弱に育った一人っ子には堪えた。立ったままの居眠り、船酔いによる嘔吐などいまだに記憶の底に残っている。

しかし、翌朝からは一転楽しい初体験の連続となった。そのお宅は製紙業を営む旧家で、住み込みの若い衆が数人いて、紙漉きの実演を見せてくれたり、休憩時や終業後に凧揚げ、雀獲りなどに連れて行ってくれた。空気銃で打った雀は荒縄の編み目に吊り下げて持ち帰る。〝獲物を引っ提げて〟なにやら誇らしい気分になっていた。翌日の昼食には美味しいカレーライスを作ってくれ、食後に、入っていた肉は雀であると明かしてくれた。

ひとつだけ我が意に染まぬことがあった。毎朝の雑煮に入っている丸餅の米粒が残っている〝半搗き〟でざらついた舌触りなのである。しかも中に甘い餡が入っている。〝立派な関東人〟に成っている我が味覚には、この食感と予想もしない甘味を平らげることは苦行であった。

後年、天竜川辺りを目安に、うどんと蕎麦、牛肉と豚肉、いりこ出汁と鰹出汁、鰻の腹開きと背開きなどなど、東西食文化に際立った差があることを知った。愛媛の雑煮体験は日本の食文化の多様性を体得する良い機会となったのである。

ラジオ・ドラマ全盛

昭和前半期、一般家庭に届くメディアは新聞とラジオであったが、子供には断然ラジオが親しまれていた。狭い我が家ではラジオは我が学習机の真上の鴨居に渡した板上にのっていた。朝のラジオ体操の後、天気予報とニュースは現在も変わらないが、「尋ね人の時間」が毎日放送されていた。戦地からの復員者、満州、台湾など旧日本領であったところからの帰還者、シベリア抑留からの生還者、あるいは国内で疎開した人などが、家族や親戚、知人などの消息を相互に求めるニーズに応える番組であった。大人からの解説とアナウンサーの決して明るくはない声調に、子供ながらに背景の暗い深さを何とはなしに感取していたような気がする。

夕方には当初、戦災孤児の物語『鐘の鳴る丘』を聴いていたが、その後、北村寿夫作『新諸国物語』が始まり、『笛吹童子』や『紅孔雀』などの放送時刻になると机について毎夕聴いていた。このシリーズは後に映画化された。東千代之助、中村錦之助などの主演で、映画を観る愉しみを初体験した。

母は昼下がりの『君の名は』に夢中であった。若い男女のすれ違い物語は全国的にも人気を博し、その放送時間帯には〝女風呂が空っぽ〟という伝説まで流れた。

それでも社会の中で担っている役割を果たし、生活を支えるための勤労に努めた上での余暇という位置付けははっきりしていた。

この半世紀メディアは多様化し、我々の文化活動の広汎化・進化、生活活動の高度化、効率化などその貢献は計り知れないが、一方でその娯楽性に振り回されたり、主体性を喪失してしまったり、他分野への健全な時間配分が浸食される傾向もみられる。文化・文明の発展のために供給サイドも享受サイドもメディアを上手に使いこなしたい。メディアはツールであることを忘れてはいけない。

二部授業

終戦後のベビーブーム期の子供達が学齢に達すると、小学校の教室が足りなくなり、〝二部授業〟が始まった。学年ごとに午前中に登校する学年と、午後に登校する学年に分け、一つの教室を一日中、フル稼働させるのである。それでも足りない時には、〝階段教室〟まで登場した。近年の学生は、大学の階段状大教室を思い浮かべるだろうが、そうではない。フロアを繋ぐ階段に、子供達を座らせ、最下段に先生が立って教えたのである。

その頃、簡単な学校給食も始まった。午前部は四時限の後、給食を食べて帰る。午後部は、登校後すぐに給食を済ませてから授業を受ける。何事にも遅い子がいた。食べるのが遅い午前部の児童が、急かされて泣いていることもあった。そのようにして、自立性を養い、社会生活を学んでいったのである。

一クラスは五十五人を超えていたが、先生の指示はよく浸透し、よく統率されていたように思う。老齢を迎えた当時の同級生が集い、叱正されたこと、廊下に立たされた記憶などに触れる時、その多くは好ましい記憶として語られる。教職が社会的に敬意を払われ、親達は先生を一目置くべきものと考えており、教師もそれに応える矜持を持っていた。

教育の荒廃が言われて久しいが、教職に優れた人材が集まるような社会制度、報酬制度の確立が要諦であると思う。ハーバード大・物理学教授のリサ・ランドールが著書の中で、多くの同級生がウォール街に就職したと記述している（注３）。日本でも多くの優秀な学生が金融業界や、証券アナリストに職を求める。経済要因が職業選択基準の大きな要素になっていることは否めない。高い能力と教育への使命感を持つ若者に相応しい敬意、報酬制度を以って遇する社会環境を醸成すべきである。

脱脂粉乳

給食は残さず全部食べるよう強く指導されていた。食糧不足の戦後社会にあって学校給食は学童の栄養バランスをとる上で重要な役割を担っており、その観点からの指導であった。砂糖を塗《まぶ》した揚げパンや肉の小片を探しながら食べるカレーなどは人気メニューであったが、ほぼ毎日出てくる脱脂粉乳は不評だった。米国からの支援物資で貴重な栄養源だったが、癖のある風味の我が克服法は、〝鼻をつまんで一気飲み〟であった。食の記憶は正確かつ持続するもので、半世紀以上も経過した今、クラス会などで一献傾けながら給食の話題に及ぶと、必ず揚げパンと脱脂粉乳が取り上げられる。貧しい食生活の中で砂糖と油脂は〝豊かな食の証し〟だったのだろう。

二〇〇九年、我が母校を訪れた。十年来、ＣＳＲ（企業の社会的責任）の一環で継続してきた小学校での出張授業「味覚教室」の講師として、母校で一時限教えることになったのである。

日本人の食生活は、この半世紀余りの間に貧しさから豊かさを超えて飽食といわれた一時期を過ぎて、最近は、朝食抜き、外食過多、孤食化など乱れが目立ってきた。その是正に向け「味覚教室」を始めたのである。

授業終了後、給食を共にして献立と分量の豊かさに驚いた——ご飯に味噌汁、青椒肉絲、サラダ、ヨーグルト。いずれのメニューも大変おいしい。

半世紀前、家庭の食の貧しさを補塡していた学校給食が、今や家庭の食の乱れを補正する役割を果たしているのかなと思った。

手編みのセーター

貧しい我が家では父の月給だけでは生計が苦しく、母が内職をして補っていた。栗の皮剝き、ナイロン・ストッキングの修繕、造花作りなど細かな手作業ばかりであった。

栗は鬼皮を剝いた後、包丁で渋皮を剝く。洋菓子のトッピングやシロップ漬けになる。歩留りにより歩合給になっていたようである。

ナイロン・ストッキングは若い女性の愛用品だったが、ちょっとした衝撃で伝線が走り修繕需要が多かったらしい。糸を紡ぐ小さな修繕道具があり、一目ずつ拾って伝線を補修するのである。造花は支給されるパーツを組み合わせて一輪の花やブーケに仕上げる。いずれも気の遠くなるような手作業の連続である。

仕事の内容が何であったか記憶にないのだが、一時期、毛糸を加工する内職をしていた折、加工過程で短い端糸が山のように残った。

母は四〜五センチの端糸を繋いで結び目だらけの〝毛糸〟を玉状に巻き上げた。

春の遠足は東京の水瓶として完成したばかりの村山貯水池だった。朝、早起きすると、枕元に真新しいライトブルーのセーターが置かれていた。ここ数カ月見慣れたあの毛糸の色だ。首元や袖口にはゴム編み模様もついた新品だ。表は爽やかな空の色。裏は結び目がギッシリと編み込まれたセーター。花冷えの朝、我が身を包み込む温もりを感じた。弁当を開く頃には春爛漫の日和となり、裏返らないように丁寧に脱いだセーターは、急いでリュックサックにたくし込んだ。

先日、四季折々の名句を掲げる新聞コラムに次の一句があった。
「スウェーターは悉く穴穴を着る」（中原道夫）
解説に曰く「セーターを編むとは毛糸で次々に穴を作ってつないでゆくこと。その多数の穴が空気を溜めて温め、人間の心と体を寒さから守る。」
その数日後、ごく限られた内輪で母の三十三回忌を機に集いを持った。母の葬儀の際にもお世話いただいたご老師の般若心経を聴きながら、あの遠足の日の淡青のセーターの記憶を辿っていた。

父は器用なタイラント

父は謹厳実直なサラリーマンであったが、趣味の植木栽培には常軌を逸するほどの熱情をもって我を通していた。朝顔、菊、ヒヤシンスなどの水栽培、盆栽、えびねなど多岐にわたっていたが、特に前半生の朝顔、菊への傾倒ぶりは感歎に値するものがあった。腐葉土、油糟、鶏糞などを混ぜた土作りから、竹や針金を使った行灯、輪台に至るまで手作りしていた。家屋に囲まれた狭小な庭では十分な日照時間が得られない。庭先には隣町との境界線上を幅、深さ共に二メートルほどの排水溝が流れていた。父はそこに目を付けた。隣町への配慮から幅一メートル、長さは我が家の庭先の広がり分三メートル、高さは一メートル半ほどの木造の棚を造ってしまった。長持ちするよう腐食止めまで塗ってある。その上に朝顔の鉢植えを三十鉢ほど並べてしまったのである。目抜き通りから狭い横町に入った奥まったところの住宅裏でもあり、然るべき筋の〝オトガメ〟も無かったらしい。それでも足りず、我が家のトタン屋根の上にも鉢が並べられた。母はそれら全てに真夏の炎天下、梯子を昇り降りしながら如雨露で水やりをするのである。子供ながらに黙々と重労働をこなす母の苦労と父の傲慢に小さな不満を感じていた。しかし成果は抜群で、朝顔も菊も皇居への献上が成り、ご紋章入りの煙草をいただいたり、東京駅中《えきなか》の陳列風景が全国紙に載ったりして、当人はご満悦だったし、母も満更でもなさそうであった。

　その余禄は私にも及び、大輪の朝顔の押し花が小学校の展覧会で表彰されたりした。後年このことが話題になった時、我が娘も同じ余禄に与かったことを白状していた。

父の死後、これらの記録はその一部をアルバムに整理したが、残された数十鉢の盆栽やえびねなどは、その種の能力を継承しなかった我が手に余り、同好の士にもらっていただいた。

半世紀以上たって、小学校の同窓会の折に我が家があった辺りを歩いてみた。隣町との境の排水溝にはコンクリートの蓋がされていた。無論、不心得者は一人もいないとみえ、歩行可能なスペースが細く続いていた。

お化け大会

テーマパークもゲームソフトも無かったが、子供達は遊びの天才である。缶蹴り、縄跳び、ビー玉、おはじき、けん玉、ままごと……小道具一つで終わりなき遊びに熱中した。夏休みには、中学生をリーダーに「お化け大会」が実施された。

その頃、数年前に近くを走る国鉄（JR）・中央線の無人踏切で飛び込み自殺があり、身元が判明するまで現場の踏切際にムシロ掛けで置かれていたことがあった。それ以来、その踏切は、自殺者が重なり〝名所（迷所？）〟と化した感があった。

アイデアマンの中学生リーダーは、その踏切までの往復コースを「お化け大会」の会場にしたのである。勿論、途中の植え込みの後ろや樹上、暗がりの塀の陰には、「お化け」が待ち構えている。恐れをなした小学生は脇道に逸れたり、途中で引き返してしまう。当然、〝見張り〟上級生の糾弾を受け、賞品は貰えない。

小学校の同窓会などで会えば、今や、米屋のガキ大将も、氷屋に嫁いだ短距離優勝者も、十人兄弟の四男坊も、リタイアした良き社会人OB・OGに納まり、「お化け」ならぬ豆まきの鬼に泣く孫の話に興じている。

蚊帳の効用

夏、蚊の害を避けるのに蚊取り線香では不十分だったので蚊帳を吊って寝た。

麻製の裾の長い天蓋様のもので、部屋の四隅から裾が畳に垂れ下がるように吊り、蚊が中に入らないように気を付けながら裾を潜って中に入って寝る。荒目の麻布なので中の様子は透けて見える。これが何とも言い難い妖しげな雰囲気を醸すといった歌詠みもあったような気がするが、我が生活環境はそんな風情には程遠かった。

大正年間の関東大震災の折には、余震を恐れて母屋裏の竹林に蚊帳を吊って夜を過ごした話を父から聞いたことがある。

昭和二十年代、無論冷房設備はなかった。その上、我が家の窓には網戸が付いていなかったので、夏の夜には小机を蚊帳の中に持ち込み、窓は開けっ放しで涼を摂りながら試験に備えた。我が部屋の窓と〝クニちゃん〟の部屋の出入り口は向かい合っていたので、深夜まで情報交換しながら切磋琢磨できたのである。

密閉度が高く冷房完備した現代の日本の住環境では、蚊帳は無用になり、ほとんど死語になりかけているが、この蚊帳が今、アフリカ各地で脚光を浴びている。殺虫剤を染み込ませた蚊帳が、蚊を媒介とする伝染病蔓延地域で伝染防止と蚊の駆除に著効を上げているという。

新設小学校

中央線の高円寺と阿佐ヶ谷の中間の借家の長屋に住んでいた。

周辺の小学校は、どこも一クラス五十五名以上で教室の最後列は壁際に張り付くように座っていた。私が三年生の時、教室不足解消のため馬橋小学校が新設され、周辺三校から三学年以下の一部の児童が新設校に移った。従って、私達三年生は、その時から最上級生となり、三年後に第一回卒業生となった。先生方はだいぶ心配していたことを後日伺ったが、我々は〝最上級生気分〟を満喫していた。

移転した日に、最初の困難が待ち受けていた。工事跡の瓦礫が校庭いっぱいに散乱していて動きが取れない。先生の指示が飛んだ。

「校庭の端に塀に沿って一列に並びなさい。反対側の塀まで運動場を真っすぐに歩きなさい。途中、自分の前にある石ころを全て拾いながら、向こう側の塀に着いたら後ろを見てください」

反対側に着いて振り向いて見ると、運動場はきれいな地面になっていた。

〝先生は頭がいいね〟最上級生は、心の底からそう思った。

後年、私が参加している油彩画グループ展にご案内申し上げたら、新設校の苦労を共にされた先生方が五人も会場へ足を運んでくださった。以来、毎秋の展示会にご来観、懇談いただくのが恒例となり、先生方が八十歳代になり、こちらも現役を退く年齢まで続いた。

新設校の苦労話、同期生の消息、正門脇の山桜、初等教育の在り方などなど、多岐にわたる話に花が咲く。言葉の端々に、貧しかった戦後の日本社会で学童教育に対する情熱と責任感が滲み出ており、社会的敬意を集めていた教職者の矜持を強く感じるひとときであった。

「五つ角」

中央線・阿佐ヶ谷駅北口から徒歩五分ほどのところに、通称〝五つ角〟と呼ばれる五差路があった。こちらの大通りを行けば阿佐ヶ谷駅、反対方向へ向かえば中学校、あちらの小路を辿れば、気になる転入生が住むアパートの前を通って我が家に達する。しばしば子供達の集合場所として使われた。其処からはどこへでも行かれそうな〝ロマンに満ちた場所〟と思われていたのかもしれない。

横尾忠則の「Y字路」というシリーズ作品を観たことがある。建物を挟んで両側に小路が延びており、どちらの道を取るか、好奇心に駆られることが、作画の動機になっているというような解説が付されていたと記憶する。その動機は、我が幼年期に〝五つ角〟に抱いた情感に通じているのかもしれない。

そういえば、モーリス・ユトリロにも、佐伯祐三にも、荻須高徳にも相通ずる構図の風景がある。

十九世紀、セーヌ県知事オスマンのパリ大改造前のパリの街路、小路の佇まいをアジェが残している。その足跡を辿った大島洋がアジェのシャッター動機を探るように記している――「サン・スピール通りとサン・フォア通りとの角と場所は特定され、三角形の古ぼけた建物が道を左右に振り分けるように建っていて……」（注4）

三叉路、十字路、五差路は、その分岐の先に未だ見えざるもの、これから顕れるものへの想いを募らせる。その想いが、昭和の子供達を集わせ、画家に絵筆を執らせ、写真家にシャッターを切らせるのだろうか。

「すいらい・かんちょう」

小学校低学年の頃、太平洋戦争の残影が色々なところに残っており、子供の遊びもその例外ではなかった。「水雷・艦長」は海戦をイメージした一種の鬼ごっこである。戦艦を指揮する「艦長」と戦艦を攻撃する「水雷」と敵艦を攻める「駆逐艦」がグー・チョキ・パーの関係にあり、自分にとって強者の敵の成員に捕まらないようにしながら、弱者の敵・成員を捕まえる鬼ごっこ合戦である。捕まった捕虜は敵陣に止まって鬼ごっこには参加できない。味方がこっそり敵陣に近付き、捕虜にタッチできれば、捕虜は鬼ごっこに復帰することができる。正門横の山桜の樹と朝礼台横の国旗掲揚塔が陣地として使われた。山桜は校歌にも謳われている馬橋小の〝シンボル〟だったのである。

後年、同窓会の折、数十年ぶりに校庭に立って観ると、大樹だと思っていた山桜が大して大きくないこと、両〝陣地〟があまりにも近距離であることに驚かされる。この感覚は、駅前広場にも、駅からの「仲通り」の道幅にも感じていたもので、訊いてみれば、みんな例外なく同様の感想であった。大人と子供の身体感覚の差が齎すものらしい。

我々は自分の身体感覚に依存しながら諸々の判断をしているが、その感覚を絶対視せず、時には意識的に相対化することも必要なのだろう。

〝滅茶ぶつけ〟

新設の小学校には鉄棒、雲梯、砂場くらいはあったが、プールも図書館も無かった。それでもゴムボール一つあれば子供たちは時間の経過も忘れてボール遊びに興じていた。人数が揃えば野球が最も人気種目だったが、少ない時は三角ベース、多い時には〝滅茶ぶつけ〟が選ばれた。〝滅茶ぶつけ〟とは身も蓋もないネーミングだが、運動量の多いなかなかの人気種目であった。とにかく、目に付いた人にボールを投げつける。捕球できれば良いが、捕球出来ずに体に当てられたらバツ一となり、バツ十に達してしまった者は、参加者全員が一定距離から投げつけるボールを背中に受ける罰を負う。何かを切っ掛けとして一人が集中的に攻められることがあるが、それでも校舎に逃げ込んでしまえば、それ以上は誰も追いかけなかった。また、翌日に尾を引くようなこともなかった。参加人数が多いので〝バツ十〟は自己申告になる。つまり、参加者全員が「正直」と「節度」を共有したゲームであり、それを踏み外すことは仲間内の不文律を犯すような感覚が共有されていたように思う。

こうした感覚は勿論学校教育の中でも育成されたものだろうが、家庭や近隣コミュニティの大人達との交流の中で醸成された部分もありそうに思う。

学校でのいじめが頻発し、犯罪の若年化、惨劇化傾向が観られる昨今、我々は家庭の在り方、地域コミュニティの活性化について真剣に見直すべき時を迎えている。親世代の家庭の在り方、近隣社会との関わり方は、必ず子供世代に反映するものである。

ベートーベン交響曲第五番

五年生のある日、担任の先生が今日はレコードで音楽鑑賞をするという。借家住まいの我が家の生活にはレコード・プレーヤーは勿論、そもそも「音楽鑑賞」という領域は存在していなかった。我が親友であったクラス一番の秀才が自宅から持ってきてくれたクラシック・レコード盤をみんなで聴いた。ベートーベンの「運命」であった。演奏が終わった時、こんな素晴らしい音の世界があるのかと感動した。

帰宅後、夕飯の時にその話をすると、父は何事かを想いついた風情であったが、数日後、父が尊敬していた哲学の先生宅に使われていなかったという蓄音機が届けられた。その年の誕生日プレゼントで両親が四枚揃いの「運命」を買ってくれた。レコード店で〝今からこういうモノに興味があるとは先が楽しみですね〟などという言葉の間に、子供ながらに我が家の生活感覚とは違う値段が聞こえた。帰宅後、図体の大きな手回し蓄音機の針を落とすと教室での感動が蘇った。

長じて、折に触れコンサートに赴く愉しみを覚え、画架に向かう時は常にCDをかけておくように習慣化したのも、あの小学校教育での〝運命的出会い〟のおかげである。もっとも齢を重ねるに伴い、食の嗜好が淡白な方へ向かうように、交響曲よりも室内楽、無伴奏曲に、ヴァイオリンよりもチェロやコントラバスに偏向してきている。

学級委員

杉並区阿佐ヶ谷地区に新設された馬橋小学校では、クラスの自律性涵養の狙いもあったのだろう、学級委員制度が運営されていた。毎学期初頭にクラス全員の投票により、委員を選出する。男女各二名選出された委員には桜マークの胸章が付与され、授業開始や終了時の号令、プリント配布、学級会の進行など、担任教師の学級運営の補助機能を果たした。全員参加の選挙結果は概ね妥当で、クラスの納得性が得られていた。前学期の経験者は投票対象外のため、多選防止もできていた。

社会的に敬意を表されていた教師、社会制度としての初等義務教育制度にある程度の信頼を寄せる父母、教育内容に正対しようとする児童——昭和二、三十年代の公立小学校では、この三者がうまく嚙み合っていたのではなかろうか。

それから半世紀、小学生はリタイアを迎える時期となり、同期会、クラス会などの頻度が上がってきた。クラスには、〝出来る子〟も〝出来ない子〟もいた。〝お行儀のよい子〟も〝跳ね返り〟もいた。学級委員も悪戯坊主もいた〝金持ち家庭の子〟も〝貧乏世帯の子〟もいた。

しかし、五十年後の今、皆、例外なく〝良き市民〟になっている。人間としての基盤をつくる当時の初等教育が齎した成果を実感する昨今である。

ナイフ&フォーク

東京のシティホテルなどで洋食コースが供されることが普及し、街中でも洋食レストランが出来始めた頃、洋食マナーに戸惑う日本人が多かったこともあり、その基本を説く料理本やテレビ番組、料理教室などが普及役を果たしていた。洋風ライフスタイルの定着に一定の役目を果たしたが、中にはそもそも〝本家〟には存在しない米飯のナイフとフォークでの食べ方などを〝創作・伝授〟するような珍妙なことも結構真顔で行われていた。その頃日本人の意識に巣食い始めていた〝欧米コンプレックス〟の一つの現れ方であったのかもしれない。こうした意識は学校給食にも反映され、先割れスプーンなどという奇妙なものが広く導入されたりした。

一方で、箸の持ち方、椀の持ち方、ご飯茶碗と汁椀の置き方など和食の基本形が崩れつつある。

和食文化がユネスコ無形遺産として登録され、世界各地の日本食ブームと相俟って和食の良さを見直す官民挙げての国民運動が始まった。四季の豊かな食材をいかし、栄養バランスの取れた食を、折々の催事の中、みんなで楽しむ食文化は、継承すべき人類共通の価値として認められたのである。食事内容だけに止まらず、調理器具、食器、食卓、部屋の設えやそれらの中核にある〝いただきます・ごちそうさま〟の精神に至るまで文化の真髄を大切に次世代に受け継いでいきたい。

〝窒息ババア〟

中学三年のクラス担任は我々の母親世代の経験豊かで穏やかな方だった。

実際、ご子息が二人おられ、ご長男は我々の一歳上、ご次男は一歳下ということで、母親感覚で我々に接してくれた。生徒の気持ちに寄り添うような接し方は、反抗期盛りのやんちゃ坊主や小生意気な早熟娘にも慕われていたように想う。家庭科担当として他のクラスも教えていたので、その人気は学年全体にわたっていたようである。どこからともなく――いや、発案者は明確なはずだが、刺激的かつ唖然とするようなニックネームが、疾風のように広まった――〝窒息ババア〟。現在の日本では、中学生の母親世代は壮健なる社会の担い手の中軸であるが、「人生五十年」の謂が残っていた頃、中学生から見れば、物静かな高齢の親世代は〝窒息しそう〟なイメージだったのだろうか。加えてわがままの利く〝オフクロ〟への親近感籠もる悪戯感覚が生み出した悪態であったが、男子生徒の楽しい雑談には、常用されていた。

後年、数十年ぶりのクラス会の折に件のような発想をしそうな、当分窒息しそうもない〝悪戯餓鬼のなれの果て〟に訊いてみた。〝あの命名はオマエだろう？〟

〝オレじゃないヨ〟と不自然なほどキッパリと断言した。

そうした集いには先生もほとんど毎回出席いただいていたが、我々の子供達が中学生になる頃、訃報が届いた。〝キッパリ否定者〟を含め、多くのクラスメートが参列した。私はご子息に頼まれた弔辞の中で、「生徒皆にとり、慈母のような先生」と呼んだが、会葬後の有志の会で、〝最適の呼称〟と珍しく全員から共感してもらえた。その座にニックネームの命名者がいたかどうかは、不明である。

最近は寡聞にして「厳父のような先生」「慈母のような先生」の話を耳にしない。

学校が管理型の組織となり、生き生きとしたヒューマニティーに富む教育現場の姿が変容してしまっているような気がする。優れた教師人材を集められるような社会環境、処遇制度の確立と、そうした人材が子供達と正面切って取り組めるような、管理過多に陥らないような仕組み創りが、今、求められている。

父の得意は豆きんとん

我が家では父の指示の下、正月の準備用には年末賞与から特別会計が組まれていた。貧しくとも新年や子供の成長の節目の祝い事などは相応にやるというのが、父の考えだった。十二月後半の週末には、畳を上げての大掃除、障子張り替えが恒例であった。お節の準備はほとんど手作りで、母は三十日から昆布巻きなど手間のかかるものや煮物の準備をしていた。三十一日、父は起きるとまず練炭の火熾しに掛かる。きんとん作りは例年、父の役目で、水に浸しておいた原料のうずら豆を弱火の練炭で煮込むことから始まる。随分長時間、煮込んでいたように思うが、煮上がった豆の一部を取り分け、あとは擂鉢ですり潰してから鍋に移して砂糖を加え、何時間もかき混ぜながら煮詰める。この間焦げ付かないように攪拌し続ける。粘りが丁度良いところで、取り分けておいた豆を加えて均一に交ざり合ったところで出来上がり――ほとんど一日仕事である。

母は、昆布巻き、きんぴら牛蒡、八つ頭煮、煮しめ、ごまめ、酢の物など手作りし、蒲鉾、甘露煮など買ってきたものと、夕方、重箱に詰め合わせる。

年越し蕎麦、屠蘇、七草粥、鏡開きなど年末年始の食習慣は親子三人で慎ましくも生真面目にやっていた。

平成の今、代替わりした我が家では随分簡略化され、外部依存度も高まってはいるが、節目の習慣は一応継続されている。しかし、それらはカタチの変化に止まらず、新たな年を恙なく迎えられたという想い、健常を願う気持ち、開運を求める意欲など強い心性も薄らいでいる。和食文化は家族や地域社会の絆を創り出してきた。

和食文化がユネスコの世界遺産として登録され、人間が生み出した継承されるべき文化価値として認められた。人類共通の文化価値の担い手として、我々日本人は和食の在り方、和食文化の精神に想いを致し、ライフスタイルを再点検する必要がある。それは新しいものを拒むことではなく、旧き良きものに新たなものをも取り込み、二十一世紀の和食文化を創り出すことである。

運動神経ゼロ

中学校の運動会には一度も競技参加することができなかった。一年生の時は、組体操の練習で負傷してしまった。確か「タワー」と呼んでいたように思う。

三人が車座にしゃがんで肩を組む。その肩の上に二人がしゃがんだ姿勢で乗る。その二人の肩の上に最後の一人・チビの私が乗ってしゃがむ。次のホイッスルで最下段の三人が立ち上がる。次の合図で中の二人がソロリと立ち上がる。最後の合図で私が立ち上がり切れば、人間タワーの完成である。二段目の二人が立ち上がるのに多少の時間差があり、その不安定さに我が筋力は耐えきれず、地面に落ちた時の身のこなしが悪く、左腕を骨折してしまった。

二年の時は、どういう経緯であったか忘れてしまったが、似たような理由で競技に加われなかった。

三年の時、今度は百足競争の練習中、足首を捻挫してしまった。三度、運動会の競技には参加できず、座ったままできる進行係のみの参加という不名誉なことになってしまった。我が貧しい身体能力は、大人になっても変わらず、ボーリングの玉は握力乏しき指間から抜けて後ろに転がり、ゴルフ場ではよく走り回って、周囲の人に揶揄されたが、瞬時の恥ずかしさはすぐ忘却の彼方へ去ってしまうので、少しも改善に繋がらなかった。

それから半世紀以上経った今、組体操での事故が社会問題になっている。負傷者が後を絶たず、しかも後遺症が残るケースや死亡事故まであるという。なかでも「タワー」での事故が多いらしい。私は今でも負傷は、我が運動能力に起因するところが大きいと思っている。今日の生徒達に負傷者が増えているのは、私のような運動能力レベルの子が増えているということだろう。勿論、安全第一を念頭に事故を無くす方策には万全を期すべきであることは、論を待たない。しかし、「リスクをゼロにするには、組体操をやめるのが一番」という極論にならないことを願っている。指を切る危険があるからナイフや庖丁を持たせない——その結果鉛筆を削れない子、食材を刻めない子が増え、手先の器用さが失われ、貧しいライフスタイルになってしまうのは哀しい。親や先生や周囲の大人達がリスクを極小化する工夫をし、子供達が心身共に豊かに育つ環境とプログラムを準備してやりたい。

〝灯火管制〟の記憶

高校は都立西高に進学した。当時の都立高校は学校群制度下にあり、高円寺在住者は杉並、中野、世田谷を含む第四学区の高校を受験することになっていた。第四学区の西高は東大への進学率が極めて高い全国有数の進学校であった。

中央線・荻窪、西荻窪、井の頭線・久我山を結ぶ三角形の真ん中辺りの田園地帯に立地しており、夏季には近在の養鶏農家から鶏舎特有の臭気が流れてきた。新制の十四期生であったが、校内には旧制時代の校舎も使われていた。二階の廊下を生徒が走ると一階の天井から剝離した塗料片がハラハラと舞い落ちてきた。窓ガラスに「十中」を示す白い「丸に十」のマークが記されていた。

戦時中の灯火管制時に、ガラスがあることを知らせる目印である。今や、「灯火管制」自体が死語であり、若年層には意味不明であろう。

校風も旧制時代の自由闊達で、いわゆる「受験校・進学校」のイメージは無かった。先生方には、〝機智溢れる〟ニックネームが捧げられていた。〝コルゲン〟、〝ドリンク〟、〝タコ〟、〝シワちゃん〟等、今もって忘れ難い命名には生徒達の親近感や裏返しの敬意が込められていた。

溢れる機智は校外にも及んだ。通用門の向かい側に「日の出屋」という文房具や軽食用の菓子パンなどを扱う店があり、生徒達がよく利用していた。そのオカミサンがちょうど母親くらいの年回りで、なかなか気さくな人柄が生徒達にも親しまれていたが、大きな眼に特徴があった。オチャメな何者かが透かさず店頭の看板の「日」の字に横棒を一本書き加えたらしい。その妥当性は関係者全員の認めるところだったようで、「日の出屋」と呼ぶ者は一人もいなかった。店側からの抗議も無かったようである。次世代を思いやりながら育てようとする社会の大らかな姿勢があったように思う。

密やかなる美人投票

開放的な校風が〝花開く〟のは、学園祭の時である。或る年、我がクラスは男子全員でラインダンスをやることになった。上半身裸に、揃いのジーパン姿で〝宝塚のフィナーレ〟を再現しようというわけである。毎日、放課後に練習に励んだ。ミュージックに合わせ、掛け声とともに腰をくねらせ、手を組んでは足を蹴り上げる。何事も集中すればなかなか愉快で、時の経つのを忘れている頃、ご近所から抗議の電話が掛ったらしい。「おたくの屋上で、生徒達が怪しげなことをやっている」

即、練習所は体育館に切り換えられたが、爽快感は半減した。

何といっても、毎年一番、話題を呼ぶ催事は校内美人投票の結果発表であった。有権者は三年生男子全員である。対象となるのは一年から三年の女子生徒三百人である。厳正なる開票結果・ベストテンは男子トイレに発表される。

廊下で、運動場で、男子生徒のグループが〝ベストテン〟を含む女子生徒の集団とすれ違うと、オトコ同士は意味ある視線を交わしあう。

先生方も格別〝目くじらをたてる〟こともなかった。

今どきであれば、セクハラの典型として、即刻ご法度であろう。

弁当付きの終夜上映

東大はじめ国立一期校を目指す受験生を慮り、西高は粋な計らいをしていた。毎年、卒業式は国立一期校の二次試験発表の数日前に行われていた。不合格者が気まずい想いをしなくて済むようにとの〝親心〟である。卒業式から合格発表日までは、何をするにも落ち着かない。その一日、時流からは距離を置き、終夜営業など普通の人間が行くところでないと思っている両親の懸念顔を背後に、初めてオールナイトの上映館に行った。池袋で五味川純平・原作、小林正樹・監督の「人間の条件」が掛かっており、第一部から六部まで九時間半の一挙上映が話題になっていた。夕刻上映開始で、途中、注文した夜食で休憩をとり、早朝に終幕である。戦場、軍隊生活で「人間の条件」に苦しむ主人公・梶に仲代達矢、その妻に新珠美千代はじめ山村聡、芦田伸介、東野英治郎など豪華キャストである。

拘束時間が長いせいか一人客が多かった。重いテーマ、主演の重厚な演技、梶が行き倒れになるラスト、会話の少ない観客席……などなど、宙ぶらりんと晴れやらぬ我が心情に硬く重い上掛けをかけられたような朝であった。

重い上掛けは数日後にも掛けられたままで、桜が咲いたのは一年後であった。

以後、仲代達矢の映画は、「椿三十郎」「天国と地獄」「乱」「影武者」「砂の器」など我が〝映画歴〟の一郭を成し、新珠美千代は我が〝好きなタイプ〟の質問に対する回答の座に座ることになった。空虚な弥生の月の〝実りある一夜〟だったのである。

YMCAデッサン教室

教養課程の頃、神保町の古本屋街を歩くのが好きだった。

ある時、駿河台を歩いていると、YMCAの看板と絵画教室のポスターが目に入った。入会金と半年分ほどの月謝を前払いして、週二回のデッサン教室に通うことにした。

初日に道具を準備して行くと、三十人くらいが石膏像を囲んでいる部屋に案内された。その像は、直面で構成された面取りのミロのビーナスの頭部であった。ひと月後、つまり八回ほどその頭部を素描したことに

「想」F15号（第三十七回悠美会出展）

なるが、その日の最後に先生がデッサン紙の隅に鉛筆で小さなマルを付け、来週から隣室に移るように言われた。

翌週、隣室に入ってみると二十人くらいが、直面でない普通よく見るビーナスの頭部に取り組んでいた。また二週間後にマルを貰い、ビーナスの胸像に移った。

胸像の次は腰まで、最後に全身像のビーナスに行き着いた。

早い人は、一、二回でマルを貰い、隣室に移るらしい。つまり、上手な人は一カ月半程度で初歩段階を終えて、二階のヌードデッサンへ上がるところを、私は半年近く一階にいたわけである。

それから半世紀を経過し、月二回、大手町の同友クラブで民族衣装やヌードの油彩画を愉しんでいるが、貧しいデッサン力は変わりようもなく、モデルの色香に惑わされながら、選択の余地のない「カラリスト」に徹している。

半世紀前のパレット

教養課程の二年間は時間的にゆとりある学生生活であった。駒場祭の〝カッパ踊り〟で、渋谷まで半裸で行進したり、神保町の古書店街を回訪したり、ユースホステル利用の日本めぐりもしたが、ある時、地元・高円寺の画材店が油彩画セット一式を供与する油絵講座を開いた。高度経済成長の段階に入り、趣味に時間を割ける人は急増していたが、油彩画人口はまだまだ少数であったのだろう。半年間の講座料で、油彩画の基本を教え、修了後は写生会や展示会も催してくれるという。早速応募し初日、高円寺駅前の会場へ赴くと、絵具セット、木製パレット、画筆セット、油壺などが詰まった画材箱や木製画架、溶き油から筆洗油まで、至れり尽くせりの道具一式をいただいた。その日は、数種類の果物を並べた静物画の練習であった。六号くらいのサイズであった。高校の選択科目・美術の履修課程で教室備え付けの画材を使った経験はあったが、それらが自己所有品となるのは、なかなかの気分であった。講習会では静物画主体であったが、その後の奥多摩や善福寺などの写生を通じて風景画も経験した。その成果を関東配電（現在の東京電力）の集会室などで、来観客の少ない展示会にも参加し、羞恥心に負けない〝自己顕示欲〟の発露もできるようになった。絵具、筆、ナイフなども買い足すべく講習会主催の画材店にも通い、ご主人とも懇意になった。足元から天井まで積み上がった画材に囲まれた特別な匂いのする狭い空間に通うのも他所では味わえない感覚だった。画材店の〝戦略的消費者〟になったのである。

以降、疎遠になったり熱中したりを繰り返しながら、今も油彩画は我が主要な趣味のひとつである。特に、会社での仕事が貧しき脳髄を占拠する時間が増えるほど、画架に向かってカンバスに集中できる時間が貴重になった。

画材は我が家の狭小アトリエに一セット、同友クラブに一セット置いてあるが、同友クラブで使っている画材箱、パレットは半世紀前の講習会でいただいた〝モノ〟である。何度か新しいものの買い替えを試みたが、五十年前の材質感、安定感に優るものが見つからない。こんなところにも小さな〝昭和の威厳〟がある。

神宮球場

小学二年生の頃、担任の先生が児童数人を六大学野球観戦に帯同してくれたことがある。先生は慶応大ファンらしく慶大側の応援席だった。児童は皆、慶応に声援を送っていたが、私は近所の明治大学のオニイサンと親しかったので明大ファンである。初めは大声で応援していたが、その度に周囲から視線が集まるので後半は大人しくしていた。

それから十余年、今度は東大側での観戦である。東大がたまに勝利するのは土曜日の初戦のことが多かった。当然、勝ち点を期待して翌日応援に行く――連勝は無理で勝負は月曜日に持ち越され、授業予定があって観に行かれない、行っても結局勝ち点は得られないことが殆どであった。したがって〝東大勝利の味〟は滅多に享受できない。

体育学の講義で神田教授が、東大が勝てない理由を極めて〝論理的に〟解説してくれたことがある。六大学野球選手の運動能力測定をした。打者が〝打とう〟と意識してから腕が動き出すまでの神経伝動時間Aと、投手の投げた球がピッチャー・プレートからキャッチャー・ミットに納まるまでの時間Bを測った。東大打者の時間Aは、他大学投手の時間Bより長かったというのである。野球の巧拙はそれだけで決まるわけではないだろうが、東大野球にとっては放置できない由々しきデータだろう。この結果がその後どう扱われたか、寡聞にして知らないが、最近は優秀な高校球児が東大にも入り、中に素晴らしい投手がいれば事態も変わってくるのだろう。

先日、久方ぶりに参加した銀杏会に特別出演してくれた応援部の面々が元気良かった。数年ぶりの勝利数に勢い付いているらしい。ＯＢも楽しく「ただひとつ」に酔った。翌シーズンそれなりの期待をもって朝刊スポーツ欄の最下段を見ていたが、全敗の「東大以外の全ての大学に優勝の可能性」と小見出しにあった。認知症になったり、〝お迎え〟が来る前に一度、〝最下位脱出〟のニュースを聴きたい。

新日本奨学会

教養課程二年目から新日本奨学会の奨学生に採用された。年間授業料が一万二千円の時に、月額六千円の供与で卒業後の制約条件も皆無という大変有り難い制度だった。おかげで家庭教師アルバイトの収入との組み合わせにより、ゆとりある学生生活を送ることができた。経済的な恩恵に加えてこの奨学会が提供してくださったことが二つある。一つ目は卒業祝賀会の催行である。社会に出てから気後れなどが無いようにとの配慮で、帝国ホテルが使われた。二つ目は、年に一度交流懇親会が行われたが、その一環で当該テーマの第一人者による講演が準備された。科学技術分野と人文・社会分野のテーマが隔年に取り上げられ、我がリベラル・アーツの補強に大変有効であった。志の高い奨学制度に巡り合えた幸運に感謝している。

過日、奨学会の創立六十周年記念の会が開かれた。経済学の濱田宏一先生がアベノミクスに関する記念講演をされた。濱田先生もかつて本奨学会の奨学生であったよしみで講演されたということであった。濱田先生のような恩返しはできないが、志あるＣＳＲ活動に謝意を込めていきたいと想う。

家庭教師

高等教育を受けられなかった父は、「学生は勉強に集中すべき」との堅い信念で、私がアルバイトをすることを許さなかったが、家庭教師だけに許可が出た。教えることは自ら学ぶことにも通ずると考えたのだろう。大学の求人コーナーに張り出されていた荻窪の中学三年生を教えることになった。週二回天沼のお宅に伺い、生徒の部屋で二時間ほど教えた後、居間でおやつをいただいて帰宅するという日課が始まった。

手始めに日刊紙掲載の標準的な問題で学力評価を観ると、とても志望校には届きそうもない。教職の母親も含め同様な認識は持っているらしいが、それでも何とかならないものかと願望は捨てきれない様子である。英語と数学を教えることがアルバイトの条件であったが、他の試験科目もついでに手伝うことにした。

素直で真面目な努力を重ねる子で、勉強のコツを摑むにつれ成績も徐々に上がり、我が母校でもある学区内一の進学校に合格した。ご両親は大変喜び、継続してお手伝いをし、高校二年まで教えたが、私が専門課程に入るのを機に家庭教師を辞すことにした。我が父の思惑通り私にも又とない良い社会経験であった。

その後、彼は東大を卒業し、商社マンとして米国に赴任し畜肉分野の専門家になった。

その間、折に触れ東京や京都、あるいは我が展示会などでお会いし旧交を温めていたが、或る時、四十余年振りにお宅へお邪魔することになった。

お母様は変わらぬ元気さで、往時の話題の花が咲き、私のために一首詠んでくださった。

「遥かなりし学生の吾子兄のごとく　慕ひつづけしお方みえらる」

東大新聞研究所

社会学専修課程に進級すると同時に、新聞研究所に入所した。卒業後の就職先としてジャーナリズム分野も視野に入っていたからである。入所試験にパスすれば、在学生は授業料免除というのも魅力だった。研究所教授陣など論壇の著名人をはじめ、新聞・放送など報道分野、出版界、テレビ・映画など映像分野、演劇界など実業に携わる多彩な方々による、生々しい現場報告とその理論化が、とても新鮮だった。大島渚の映画論の大半は赤門近くの喫茶店で〝聴講〟した。社会学科卒業生の三分の一がジャーナリズムに職を得たが、彼らにとっては、今で言うインターンシップに近い経験になったのではなかろうか。

しかし、〝視野に入れている〟程度の興味では、学部における単位とは別に一年半ほどで六十単位の取得は容易でなく、修了証書は貰いそこなってしまった。

数十年後、年に一度各地のマスコミ関係者にお会いする中で、河北新報の社長にお時間をいただいた折に、歴代の社長が東大新聞研究所の出身者であることを伺い、我が恥ずかしき〝途中退学〟を白状した。

さらに、それから数年後、東日本大震災の折に河北新報は百十四年間の続刊記録の断絶の危機を、社長の号令一下、乗り切った経緯を知り、志高きジャーナリスト、経営者の職業使命感に想いを致した（注5）。

信州の学生村

夏休みには二年続けて信濃森上、信濃神城など信州の学生村に長期滞在した。

ゼミの課題図書や読んでおきたい書籍などを持ち込み、読書三昧の合間に唐松岳登山や近くの清流遊びを楽しんだ。ゼミ担当の先生のご専門が「社会変動論」であった関連で、我が割り当て原書はマンハイムの大冊であった。旧盆の或る日、同宿していた友も帰京してしまい、昼下がりに大書と格闘していると、彼方此方から聞き慣れぬ、しかし快い音が聞こえてきた。近くから遠くからリズミカルに打ち下ろす杵の音が絡み合いながら、我が机辺に届く。都会の喧騒に二十年間、染まり切っている我が聴覚には、その幻想的な響きが何処かメルヘンの世界に迷い込んだような不可思議な心持ちであった。民宿のオバサンに訊けば、それは村のヒトたちがご先祖様の霊を迎えるための恒例の餅つきであった。

「夏休みの最後の一週間くらい、家にいればよいのに」と呟いて送り出してくれた母の憂い顔をチラッと想った。母は出産後の腎炎を誘因とする高血圧症で、十年ほど前に初めて倒れ、二度目の悪化・回復から間もない時期だった。過剰な自立心に偏った我が脳髄は、母の内心を慮るには未熟で、新学期開始の直前まで民宿に居続けた。杵の音は、その傲岸な心底に小波を送ってくれたのだろう。

四百枚の卒論

卒業論文は、内容はともあれ、大冊に仕上げることが我が社会学科の伝統になっていた。年内にドラフトを仕上げ、年明けに清書・製本をして、一月十日の締め切りに間に合わせることを一応の目途とした。十二月三十一日の午前中にドラフトが出来上がり、四百字詰め四百枚程度のボリュームとなった。パソコン、ワープロが当たり前の現在と違い、全て手書きでの清書となるが、一週間あれば製本を提出できるだろう。

その年、我が家は二十年以上住み慣れた高円寺から千葉市に転居し、近所の方から成田山・新勝寺への初詣を誘われていた。それまで大分時間がある。私は夕方からウィスキーの水割りを飲み始めた。酒よりはタバコが好きな父に届いた歳暮の品だろう、学生の分際には相応しからぬサントリー・オールドがあった。口開けの一杯がグラスを重ね、ろくなつまみも無いままボトル半分ほどを空けて寝入ってしまった。十時半頃、約束の方が迎えに来られた。出かけるべく起き上がろうとしたが、体が意のままにならない――母が詫びている声がおぼろげに聞こえた。

翌朝十時半頃、ふやけた脳髄と気怠い五体に鞭打って〝詫び初め〟をしてきた。

我が卒論の記憶は、〝四百枚と泥酔〟である。

鄙の生活

杉並区から転居した千葉市の住所は「花見川区柏井字芦太山」――狸でも出そうな表示である。わが家は大手プレハブ・メーカーが開発・分譲した戸建て住宅団地のはずれにあり、隣地は地元で代々農業を営むお宅の農地が広がっていた。

母は毎朝その畑に赴き、農家の方が朝どりした新鮮野菜を購入していた。トマト、胡瓜など夏野菜は東京の八百屋では得られない甘味のある豊かな風味であり、冬場には大根、白菜などを纏め買いし、手作りの沢庵漬け、白菜漬けの味覚を楽しんだ。畑の周囲には梅林や菖蒲などが植えられていた。晩秋には収穫後の落花生を乾燥するためのボッチが畑の斜面に点々と造られ、四季ごとに変わる風情を味わった。半面、春一番や強風が吹くと畑の土埃が容赦なく屋内に忍び込み、難儀をしていた。早春には山林の樹間の蕨、ぜんまいなど山菜やたらの芽が食膳に載った。

我が家から五分も歩けば、道は山林の中へと続き、季節により蕨など山菜が芽を出し、山百合が咲き、山栗が弾ける。栗鼠が住宅のブロック塀を伝わり行くのをよく見掛けた。

園芸が趣味の父はそんな田園生活を満喫していた。週末に山林に踏み込んで落ち葉を集めては腐葉土を作り、笹竹の群生に分け入っては行灯の材料となる細竹を束ねて持ち帰った。温室スペースを作って冬季に備え、芝を張り、大石を配して庭づくりに励んでいた。高円寺の狭小なところで溜めこまれていた創意工夫が溌剌と解放されていた。

家計に余裕が生まれてきたので、リタイアした父に、そろそろ趣味全開のため園芸用地を確保しようかと思い始めた頃、心筋梗塞で母の後を追うように急逝してしまい、長年にわたる我が親不孝の穴埋めは不発に終わってしまった。

半世紀が経ち、農家の代替わりと共に畑地はマンションに変わり、新鮮野菜の愉しみも春一番の土埃も消えてしまった。シャッター街の一郭にあるスーパーマーケットの野菜売り場には、正月には七草粥用のプラスチック容器入り野草セット、五月には内湯用の菖蒲の小束、冬至には柚子の小パックが肩身狭そうに並べられる。畑や池畔、野辺の風情が食卓で感取されるだろうか。手間が省けた分だけ自然が遠のいて〝作り事〟になってしまっている。

〝駅前下駄箱屋〟

昭和四十年代初頭、千葉市の最寄りの駅前には〝下駄箱屋〟が営業していた。交通至便の中央線高円寺からの転居者には、意味不明であったが、数日後の雨天の日に全てを了解した。駅の北側には〝住宅公団発祥の地〟なる碑もありベッドタウンとして賑わっていたが、南口の駅から半径五百メートルほどの地域は、道路も街灯も無い原っぱであった。土地所有者の電鉄会社が遠隔地から開発、販売し、最後に値上がった駅周辺の開発をしようとする意図だったのだろう。都心から三十キロ圏が通勤圏として宅地開発され地価が高騰したバブル期の郊外共通現象であった。駅裏の南口居住者は雨天の日には靴は泥塗れとなり、干天続きには靴が埃で真っ白になる。都心へ向かうには、靴を取り換えることになり、〝下駄箱ニーズ〟が生まれるのである。月額レンタル料金六百円は、我が初任給三万円余に比し、なかなかシッカリ値段であった。

数年後、駅からバスで十分の山林を開発し、七千戸の大団地が出来て、事態は一変した。団地内に小学校四校、中学校二校が出来、駅南のロータリーは列を成すバスやタクシーからの乗降客で朝夕、都心と変わらぬ雑踏となる。

それから半世紀――もう一度社会変動の波が押し寄せる。人口減少と老齢化により団地の空き家が増え、団地内商店街はシャッターの下りた店が目立ち、留守宅への宅配便・再配達を減らすための宅配便受け取りボックスの駅頭設置が始まったという。〝駅前下駄箱〟から〝駅前受け取りボックス〟への変化は、生活簡便度を増したようには見えるが、暮らし幸せ度を上げたとは言い難い。

Ⅱ　昭和後期

円覚寺座禅研修

人事部門管掌の方が鎌倉・円覚寺の門徒代表であった関係で、新入社員研修に座禅が組み込まれていた。朝比奈宗源貫主のご講話、清掃、食事の支度、作務などとともに、朝夕の座禅堂での瞑想の時間がある。早朝四時からと、夕食後の七時からの二回であったと記憶する。足の組み方、呼吸の仕方、警策の受け方などごく基本的な事項の指導をいただき、即実践である。特別の心構えも無く、俗塵に塗れ、溢れるほどの自我意識を抱える研修生の両肩には、たちまち若い当番僧の意思の籠もった警策が、ピシリッ、ピシリッと音を響かせた。

円覚寺は夕方定刻になると、一般の参拝客は退出を求められ、境内は静謐なる空間となる。ある一夕、我々の座禅が始まって間もなく、座禅堂の壁の外側で人の気配と、やがて男女の囁き、睦言が聞こえる。お二人さんは堂内に数十人の男がいるなどとは夢にも思っていない――〝ピシリッ〟――短い沈黙を擱いて語らいは再開される。さすがに二人の所業は、こちらの研修時間ほどは長くなかったが、その夜の足の痺れが最大であったことは、言うまでもない。

それから数年後、私は先輩から道元の正法眼蔵の解説本をご教示いただいた。

学生の頃、「悪人正機」説を面白く思い、親鸞を随分読んだが、道元に触れたことはなかった。「現成公案」の時間、空間の捉え方に現代物理学と通底するようなところがあり（注6）、以後、虜となった。流麗な文体は音楽的な魅力さえ感じるが、それだけに難解で解説書も多読した。しかし、「花は愛惜に散り、草は棄嫌におふるのみなり」を得心し切れないでいた。

最近、出版されたネルケ無方の著書は、原文から英訳のプロセスを経ることで曖昧な部分を残さず〝流麗文〟の本意を把握し切っているように思う（注7）。

国技・大相撲の幕内力士の半数近くが外国人で占められ、三役陣にモンゴル国籍の四股名が連ねられているのを見る時、日本発のスポーツの国際化を喜ぶと同時に一抹の寂しさを感じる。モンゴル相撲で鍛えた足腰の強靭なしなやかさが物を言っているような気がする。同様に欧米型コミュニケーションで磨かれた言語力が道元の真意を摑むところまで読み切ることを可能にしているのではなかろうか。

常陸坊海尊

会社での最初の担当業務は、採用、社内研修、人事データ処理の機械化などであった。新たな経験の連続でそれなりに新鮮で、特にデータ処理のためのプログラミング習得は、思考プロセスの〝見える化〟という点でなかなか興味深かった。コボル言語、パンチカード、磁気テープの時代で、今ならデスクトップにも満たないようなマシーンがワンフロア全てを占拠していた。自作のプログラムがデータ処理作業をこなし始めると、一応の達成感は得られたが、どこか満たされ切らない空虚感があった。土曜の午後から山歩きに行ったり、終業後に東中野の新日本文学学校などに通ったりしていたが、或る時、六本木の俳優座劇場で秋元松代の戯曲を観た。『常陸坊海尊』であった。

義経を裏切り逃亡した武士が懺悔と贖罪のため人々を救って廻るという東北の「海尊伝説」と現代におけるその蘇りを重ね合わせ、時空を超えて、時代の波に彷徨う民衆に寄り添う存在像を観る者の心底に届けてくれる。我が胸奥の空隙も少しだけ小さくなった。以来、〝秋元ファン〟として、『かさぶた式部考』『七人みさき』『近松心中物語』『南北恋物語』など、舞台芸術も我が視野に入ることとなった。

平成二十八年、新聞の書評欄に山本健一著『劇作家 秋元松代』を見出し（注8）、一気に通読し我が〝秋元松代・遍歴〟を反芻したが、二十代前半の六本木での『常陸坊海尊』との遭遇は、戯曲化初演であったことを知った。劇作家自身も日本社会との間合いの取り方を模索していたのだと思った。

千葉の行商のオバサン

千葉へ転居後、早朝の国内出張では羽田発七時ころのフライトに搭乗するため、最寄り駅の一番電車に乗らねばならない。この一番電車には一般客はほとんど乗っておらず、東京方面に行商に行く〝千葉のオバサン〟専用電車の様相を呈していた。彼らはそれぞれの得意商品があるらしい。ネギをたくさん持っている人がいれば、小松菜の得意な人もあり、はたまた沢山の大福を持っているオバサンもいる。走る電車の中は物々交換の市場となり、ごく少数の一般客は一様に片隅で物珍しい光景に見入っている——そうか、千葉のオバサンはあのようにして品揃えをして、三々五々、馴染みの駅で下車し東京のお得意さん宅に行くのだ。杉並に居た頃、我が家にも千葉のオバサンが来ていた。千葉に転居後、我が家から五分も歩けば雑木林の散策ができたが、季節には樹間に白く大きな山百合が点在していた。母が一本百円くらいで買っていた山百合は原価タダだったのだ！

四十年後、皇居の周囲を一時間ほどのウォーキングを日課としていたが、時間のゆとりがあるときは歌舞伎座まで足を延ばした。その傍らに八十歳くらいのオバアサンが荷を開いている——〝千葉のオバサン〟だ。名物バアサンらしくお得意さんが立ち寄っていることもよくあり、先日はテレビの街角レポート番組に登場していた。一個五十円の草大福は甘みを抑えた粒あんで〝昭和の手作り〟の味がした。

プロダクト・マネージャー・マニュアル

昭和三十年代、日本企業にとってマーケティングという概念は馴染みが薄く、その実践例はごく一部に限られていた。当社も同様であったが、米国の食品企業との提携事業を通じてモダン・マーケティングの修得・実践が始動した。シリアル製品、スープ、マヨネーズの市場導入の成功は、その成果である。当該部門への転入者はプロダクト・マネージャー用の製品開発の英文マニュアルを渡される。市場調査の方法、プロダクト・コンセプト、生産、販売・配荷、広告、販売促進、採算性などなど、新製品開発業務に必須の要素が網羅されている。

先輩・後輩間の口伝継承の日本スタイルに慣れた我らにとり、英文の厄介さはあるものの、新鮮かつスマートに感じたものである。イメージも含め、その部門は若手に人気のある事業部門であった。

プロダクト・コンセプトの「価格」の項に〝MAGIC PRICE〟の解説があった。ある価格ラインを境に購入意向が急増し、あるいは反対に激減することがあり、価格設定の際、一考を要する。例えば、昭和五十年代に冷凍食品は、弁当用によく使われていたが、パック単価が二百円台を超えて三百円台になった途端に売れ行きは激減した。スーパーマーケットの特売価で九十八円、百九十八円など〝八円商法〟が頻発したのも、この心理にうったえる策であった。薬品や化粧品などでは、安過ぎると〝効き目に対する疑念〟が湧き、マジック・プライスは下限として存在するようである。

他方、我々の経験則が米国流マーケティング論を覆した事例もある。

米国のシリアル会社は長年、欧米市場でターゲット市場を朝食需要に焦点を定めて成功をおさめてきていた。日本市場でもこの戦略を採りたいと主張した。昭和三十年代、日本の家庭のほとんどは、ご飯、味噌汁、漬物に副菜という献立であった。そこへいきなり牛乳をかけたコーンフレークを持ち込むのには無理がある。子供のおやつ需要に合わせ、砂糖やフルーツ・フレーバーを加味した中身を小箱に入れた。次いで朝食向けコーンフレークのポジショニングに重点を移行したのである。昭和四十年から五十年代、食生活の洋風化・簡便化とともに、シリアル製品は大成長を遂げた。

大衆社会から少子高齢化社会となってマーケティングも様変わりした。いわゆる標準世帯は少数派となり、ライフスタイルは多様化した。サンプリング調査から見出されたことを社会全体に拡大解釈することはできなくなった。消費者の嗜好傾向も拡散し、しかも変化が早い。情報媒体もマスメディアからパーソナルメディアまで多様化している。流通経路も店舗からネット販売まで幅広い。昭和の時代に頼りになった〝マニュアル〟は役に立たない。プロダクト・マネージャーは成功・失敗事例を深く解析し、そこから得られる知見を担当プロダクトにどう生かすか――常に新たな発想が求められている。

演繹的思考から得られた仮説を市場調査で確かめる従来のマーケティング手法に加え、デジタル解析から帰納的に得られる仮説の市場原理、人間公理との整合性検証によるマーケティング知見も有効性を増す――マーケターは人工知能を手玉に取るように駆使しなければならない。

〝お湯をかけたら、もうスープ〟

米国企業との合弁事業の第一弾は、スープの市場導入だった。洋風化の進展の中で、朝食のパン食化の進行に伴い、洋風スープ需要が伸長し、スープ事業も順調に拡大したが、昭和四十年代後半に至り、成長が止まってしまい、打開策が必須となった。部内挙げてのアイデア出しの中から、「お湯をかけるだけで出来る超インスタントなスープ」というアイデアを取り上げることになった。合弁事業における両親会社の役割分担は、「米国企業が技術及び商標提供、当社が販売力提供」であったが、先方は〝スープは本来、原材料をしっかりと煮出して作るもの、即席モノはスープとは言えない〟と伝統的な考えに固執し、対応技術も無かった上、事業化そのものに猛反対であった。やむなく合弁子会社内での技術開発による事業化というやり方とし、先方も渋々ながら了承した。

スープ需要期の九月に発売すると、競合の市場参入もあり、爆発的なヒット商品となった。洋風化、有職主婦の増加、朝食の簡便化などライフスタイルの変化に適合していたのであろう。翌年には大型設備に増強された。

平成の現在、日本のスープ市場は粉末スープが過半を占め、そのほとんどがインスタントスープであり、「煮るタイプ」は市場から消えてしまった。その間の技術進展も著しく、当初「溶けにくかった」問題も解消し、調理過程を見ていなければ、粉末から調理されたことも分からないほどの滑らかさとコクが再現されている。

ライフスタイル変化の洞察と対応技術開発が、需要創造とシェア拡大の切り札であることを示す好例である。

甘過ぎたのは塩のせい！

昭和五十年代初頭、米国ナンバー1の冷凍ケーキを日本市場で輸入・販売することになった。米国からデコレーション・タイプの「レイアー・ケーキ」、豪州からベーシックな「パウンドケーキ」やアイシングのトッピングがのった「デザート・ケーキ」を輸入した。日本人のケーキ・イメージに近い「レイアー・ケーキ」とカステラ・イメージに近い「パウンドケーキ」は比較的高い評価を得ていたが、「デザート・ケーキ」は〝甘過ぎる〟と不評であった。そこで米国のレシピ担当副社長が来日し、日本の生洋菓子と比較しながらレシピ改良に取り組んだ。

手始めに副社長と二人で銀座から六本木まで洋菓子店を観て回ることになった。彼は店頭で気になった品を十種類ほど指定する。喫茶コーナーにコーヒーとともに運ばれてくると、彼は手帳ほどの小さなスケッチブックを出し、写生をする。一品ずつトッピングをスプーンでひとなめしては、当該スケッチに「ｓｕｇａｒ○%、ｆａｔ○%、……」などと書き入れる。プロフェッショナルとはこういうものかと感歎した。全種類を終えると、「次へ行こう」——こうしてオトコ二人で七店の〝ケーキ屋のハシゴ〟をした。

途中、ランチタイムには彼の要望で街の定食屋に入った。典型的な和定食が出てくると、彼はこちらから声を掛ける暇もなく、慣れた手つきで丼飯に醬油を掛けて曰く「美味い」。醬油味に慣れ親しんでいる様子だが、洋菓子の品定めの折の専門的な繊細さと、どう辻褄が合っているのかと思った。

こうした調査・解析の結果、彼が出した結論は極めて単純明快——オリジナル・レシピの塩分を三分の一減らす、というものであった。確かに試作品は従来品に比べはるかに軽い味になっていた。和菓子でも隠し味として塩分を使うが、その量が過多だったのだろう。砂糖、塩分が洋菓子に多用される油脂分と相まって、日本人の胃には重すぎたのである。

二十一世紀、先進国は食の過剰摂取に伴う健康問題に直面している。欧米では糖質、動物性脂質やこれらに伴うカロリー過多による疾病が多い。日本は出汁文化のおかげで砂糖や脂質は抑制できているが、塩分過剰傾向が続いている。人類史は長きにわたり食の欠乏期に覆われていたため、我々の身体の栄養過剰耐性は貧弱である。身体能力の弱点を理性で補ってこそ、生物界の頂点に立てる。

東西食文化の健康に資する利点を相互に学習すべきであり、さらには発展途上国との食の分配を是正する仕組み作りに知恵を出したい。昭和二十年代、戦後日本の食生活の窮状を忘れてはいけない。

クリスマスケーキ街頭販売

昭和五十年前後、日本のお父さん達はクリスマスイブの夕方、ケーキを買って帰り家庭でクリスマスを祝う習慣が定着していた。この日一日で何カ月分もの売り上げを稼ぐ洋菓子店は朝から店頭陳列をし、夕刻の街頭にも電車の中でも大きな菓子箱をぶら下げた父親の姿が溢れていた。

〝出汁屋〟に入社して、洋菓子販売など夢にも考えたことがなかった私も数週間にわたり特売の準備をして量販店店頭に立った。製紙会社と保冷効果のある手提げ箱を開発した。スタジオでクリスマスソングの録音をし、景品の「ソノシート」を作成した。周りをぐりと一周できる島陳列用のショーケース、ポスターなどをスーパーマーケットの店頭に並べ、師走の街を急ぐ人に推奨販売をするのである。三時間後の熱爛の味は格別だった。

冷凍ケーキ・プロジェクトは五年で終幕となった。濃厚な味は繊細な日本人の味覚に合っていなかった。米国主婦の手作り感を再現したトッピングやアルミ・トレイは洋菓子にオシャレなセンスを求める日本人感覚とはずれていた。ホーム・パーティーを意識した大容量はあれこれアソートを楽しむ日本の消費者の購入習慣に合わなかった。などなど……失敗事例は成功例以上に得るところ大であるかもしれない。

家庭内食から外食へのシフトやデザート摂取の習慣化に伴い、ホテル、レストラン、家庭における洋菓子需要が急拡大した。全ての厨房で菓子職人を抱えることができない昨今、冷凍菓子・ケーキは冷凍食品市場の一大分野になり、日本人の食卓を彩り豊かにしている。豊富なスイーツを前に「水菓子」なども死語になりつつあるし、ましてや終戦後の台所で見かけた「電極付き蒸しパン製造器」「かるめ焼き」など、若年世代の想像の外であろう。

小さなキーホルダー

五十年余りの会社生活で直属の上司として一番長かった方は、二つの部署で合わせて九年間のご指導をいただいた。営業畑の経験が豊富で、マヨネーズや冷凍食品など会社が社運を懸けて進出した新事業展開の折には、常に〝切り込み隊長〟の重責を果たしていた。その方は業務上の指示は明確でかつ厳しかったが、誰に対しても心温まる配慮をするので多くの部下から慕われていた。

私が部下になった時、彼は社内では珍しい未婚の管理職であったが、程なく結婚されると言われた。その旨が部内に伝えられたのはほとんど直前のタイミングで、我々部員は少額を出し合ってごく常識的なものを差し上げた。チョコレート一粒ずつのお返しにもなり難いような小品であった。

数日の旅行から戻られた上司から小箱のお返しが部員全員に一つずつ配られた。開けてみると小さなキーホルダーであった。掌にのせてみて感動した――鎖の先に繋がっている十五ミリほどの金属片は我がイニシャル・NYなのである。十五人が全員イニシャル・キーホルダーをいただいた。

それから四十年余り、その上司は不慮の事故で残念ながら早逝されてしまったが、件のキーホルダーは、今も外出の時、必ず我がシャツの胸ポケットに納まっている。

シドニー空港トイレ体験

初めての海外出張は上司とのオーストラリアの提携先訪問であった。シドニー空港でトイレに行こうとすると、頭も口も回転の速いことで名を馳せている上司が我が背中に一言投げかけてきた。よく聞き取れなかったが、よくあることなので、急ぐようにとでも言ってくれたのだろうと、そのまま小用に向かった。

壁面に向かうとアサガオの位置が我が臍の辺りに開いている。前半はあらゆる工夫を重ねて事無きを得たが、後半はいかんともし難く、惨めな思いをした。

次回は扉のある個室に行くべきだなと思った途端に上司の早口の言葉が鮮明になった

――「大に行けよ」。

渡航経験豊富で、私ほどではないが小柄な上司も経験済みで、貴重なアドバイスをくれたのだった。

臭い話は続く。数年後、初めての中国出張の時である。油脂の摂取過多のせいか精製度の問題か、移動途中で〝ネイチャー　コール　ミー〟。日本でいえば銀座四丁目の三越のような立派な百貨店で借りようとトイレの扉を引いて、ビックリ仰天した。奥の壁際に七〜八人がこちら向きにしゃがみ、それぞれの前に数人ずつが列をつくり、中にはしゃがんだ男と最前列の人が会話まで交わしている。私は大変な間違いを仕出かしたと思い、あわてて扉を閉め、ドア上の表示を確認した――「厠所・男」。中の情景が我が想定の範囲外だっただけだ。

我が海外体験は、忘れ難いトイレ経験でもあった。

名エッセイスト・米原万里に『パンツの面目　ふんどしの沽券』なる一冊があるが（注9）、トイレも下着も国民性を映す文化現象そのものである。今、訪日観光客が日本の各地に押し寄せているが、自然美、温泉、史跡、文化遺産、食などとともに、一様に高評価を得ているのは、日本人の清潔感覚が凝縮されている便座である。座れば温かく、ボタンひとつで水温・水勢調節、バイブレーション、消臭、消音、乾燥と至れり尽くせりで、中国からの観光客が嵩張るのもモノともせず、炊飯器とともに「高機能便座」を買い漁っていくのも頷ける。

眼疾の恩人

お名前を明記するほど親しかったわけではなく、先生の記憶の一端にも残っていないと推察される一患者でしかなかったが、私にとっては忘れ難い先生である。

四十代前半のある日、白眼に小さな出血があり、たまたま時間的余裕があったので会社近くの眼科医に診ていただくことにした。雑居ビルのドアを開けると初老の女医さんと看護師さん三人ばかりの小さな医院ながら、凛とした先生の指示とキリリとした看護師さんのやり取りが、敬意に包まれた緊張感ある仕事場という感じで気持ち良い第一印象だった。「大したことではないと思うが、折角ご来院されたのだから念の為」と、検査台に促された。何の検査か判らぬまま指示に従って反応していると、先生の様子が段々真剣みを帯びてくるのが分かった。視野検査の結果、かなり進行した緑内障であると判じられ、東大病院に紹介された。

以来三十年有余、点眼薬だけで進行を抑えることができている。

自覚症状はごく最近まで無かったので、あの時の検査が無ければ、もっと進行した段階で判明することとなり、早期の失明の懸念もあったかもしれない。

数年後に七カ月にわたる欧州滞在の際、点眼薬の現地調達は専門用語の不安もあって持参したいと思ったが、東大病院では対応不可ということだった。先生に事情を話すと、「診断が明確で処方の安全性も確認出来ているのだから、必要なものは出しましょう」と対応いただき、現地で余分な気遣いもすることなく眼圧も正常値を維持して滞在期間を過ごすことができた。

七十歳を過ぎた昨今、白内障も重なってやや不便さも出てきたが、「残存視野が全失してしまうことは無さそう」で、三十年来の恩義に感謝の意を新たにしている。老齢化社会が現実となった今、医療を受ける患者の側の主体的当事者意識が先ず肝要であるが、加えて心の通った個別対応医療が可能となる社会システムの実現を願っている。そのためには専門技術を修得した仁医の育成と、そのような専門家に敬意を表する市民教育が不可欠である。

我が運転免許証はゴールド

四十過ぎまで運転免許証は持っていなかった。長期欧州滞在が決まり、自動車運転が必須と思われた。渡欧を前に早朝の英会話学校に毎日通っていたため、自動車教習所通いは週末のみしか時間が確保出来ない。生来の鈍い運動神経を自覚していたので、難事であることは承知しつつも、週末のみの教習所通いでの免許取得に挑戦した。予想通りの遅々たる進捗で、六カ月の教習期間の最終日に未修得課程が多々残ってしまった。その日の試乗を終えた後、担当教官は二十分ほどの小言を言いつつ、認印を押してくれた。修了させないと教官の成績にも関わるのだろう。〝劣等生のところてん式〟修了となり、めでたく国際免許証を手にした。渡欧者仲間の中に我が同類が一人いて、彼は運転初日に事故を起こしてしまった。この経緯を観て怖じ気づいた私は、自己運転を見送り、タクシー営業も兼業していた滞在ホテルのご主人に我が通勤時の送迎を頼み込んだ。結局、滞欧時も帰国後も一度もハンドルは握らなかった。一年後に教習所から無事故の感謝状をいただき、数年後の免許書き換え時にはゴールド免許証を頂いた。

老年に至るまでハンドルを握ることはなく、マイナンバー制度の運用が始まった現在、身分証明書としての機能も不要となり、ゴールド免許証は返却し、〝優良運転者〟であることを止めた。この話題になるたびに、家族から我が運動神経の鈍さと、無駄遣いの総額を嘲笑される。

昨今、認知症などの高齢者の運転ミスによる交通事故が頻発している。他の交通手段が無い過疎地域では高齢になっても運転せざるを得ないのが現状である。地域における公共移動手段の確保は、老齢化社会における地方行政が取り組むべき最優先課題の一つである。

ハイネケン・ビール工場

一九八〇年代、日本が〝JAPAN AS NO.1〟と言われていた頃、毎年百人ほどの欧州企業のビジネスマンが、日本企業で長期間、研修を受ける仕組みがあり、初年度メンバーの一人、ハイネケンの若手が当社での受講を希望し、我が冷凍食品部にも三カ月ほど滞在した。その返礼として私がハイネケンでの研修を受けることになり、同社のライデン郊外にある主力工場に三カ月ほど通った。研修を共にする同社の新入社員ヤンコ君が、長逗留向きの家族経営のこぢんまりとしたホテルを確保してくれた。秋冬季、未だ明けやらぬ七時半頃出勤すると、多くのスタッフがそれぞれの個室で執務していた。上位職ほどよく働くらしい。事務棟は真ん中の池を囲んで「ロ」の字形になっている。池には白鳥が飼われていたが、冬季に入ると結氷し始め、だんだんと泳ぐスペースが小さくなり窮屈そうだった。

昼食はキャンティーンで豊富なメニューから選択でき、三時にはオバサンが飲料やスナック菓子などを売り回ってきた。キャンティーンでは、定年退職者の慰労会なども行われ、家族的雰囲気が、我々日本人にも馴染みやすいものだった。同族経営企業の良さかもしれない。

終業後の楽しみがあった。工場の一隅にバー・コーナーがあり、〝ビール飲み放題〟なのである。傍らのピーナッツ供給機にコインを入れて、ツマミを確保すれば、あとは無料で一日の疲れを癒やすことができる。ビア・ケグからグラスへの供給は、その日一番先にコーナー到着の人が当たるというルールである。先を争うように駆けつけるのには、理由がある。ご当地では、液体部分と泡の理想的な比率があって、その技を競う催しがあり、その練習をしたいのだという。私は日程が許す限り毎夕、通ったが、あらためてビールは「生鮮品」で出来立てが美味いと思った。それ以来、ビールはその地のモノを飲むことにしている。

〝上に弱い〟のは何処も同じ

ハイネケン社では研修を共にした同社若手のヤンコ君ともども、新製品開発プロジェクト・チームへの参画を許してくれた。対外発表・発売前のテーマに部外者を加えてくれたのは異例のことであり、事前に守秘義務の誓約書への署名を求められた。

製品コンセプトや販売計画の検討過程はそれぞれ興味深かったが、中でも日本のやり方との比較で印象的なことが二つあった。

一つは、彼我におけるグローバル展開の違いである。この頃、当社では、新事業、新製品は先ず日本で市場導入し、成功実績が得られた後、他国市場へ展開するのが常道であった。然るに、ハイネケン社では欧州各国に同時発売することは、当然の前提であったようである。製品コンセプトの価格設定の検討に入ると、当然のように各国通貨での価格設定が順次、議論された。欧州共同体内におけるマーケティングの実践は、私には非常に新鮮かつ進んだ姿に見えた。

もう一つは一転して、〝日欧共通〟という側面である。

ある晩、プロジェクトチームでのブランド検討は深更に及んだが、最終的に絞られたA、B二案の中で、A案にすることに決した。ヨーロッパのスタッフの朝は早い。私も彼らの習慣に合わせ、翌朝七時に出勤してみると、ホワイトボード上、Aに大きなバツ印が付され、B案採用が明記されている。〝どうしたの?〟と問うと、スタッフの一人が親指を立て、天井に向けて二、三度、上下させる。創業家のハイネケン氏は、ブランドをはじめマーケティングに精通されており、その断が下ったのであった。――〝上に弱いのはいずこも同じだナァ〟

一目惚れ

オランダでは週日は研修プログラムで忙しかったが、週末にホテルに籠もっているとホームシックに陥る。そこで土日は美術館・博物館巡りに集中した。

ある日、デン・ハーグのマウリッツハイス美術館を訪ねた。元々は総督の私邸だった建物を王立の絵画コレクションの陳列の場としたらしい。裏の池越しに見るハーグの官庁建物群がこちら側の並木を近景として、何とも美しい。アンドリュー・ワイエスの「松ぼっくり男爵」に描かれた松ボックリの投げ入れられた鉄兜を根元に置いたら似合いそうな静謐な並木と、水面の向こうの日向の石造りのコントラストが、我が不安定な心に染み入ってくる。

玄関から中世オランダ独特の精密描写の部屋を過ぎ、次の空間への入り口でその眼差しが我が視線とぶつかった。ラピスラズリを多用したらしいターバンも、フェルメール独特の光の粒を宿す真珠の耳飾りも、小さな心の小波を顕す軽く開く唇もさることながら、斜めに見返る瞳がこちらの心奥に射し込んで、離れない――一目惚れである。

七～八年後、寡作画家の二十点以上を集めた展覧会で、欧米のフェルメール人気が爆発した。一九九九～二〇〇〇年には、一瞬、大阪、京都に六点も展示され、日本でも多くのフェルメール・ファンが生まれた。恋敵が急増してしまって一目会うのもままならぬものの、惚れた弱みで私も新幹線でハシゴして回った。

今もって実物大の複製画を、機関誌に掲載された我が恋文と共に額装し、洋服簞笥《だんす》横に掛けてある。毎朝、出勤前にネクタイを締めながら覗き込むと、必ず意思ある視線を返してくれる。

フット・ブレーキ自転車

オランダは国土が平坦で坂道が少ないためであろう、移動手段として自転車がよく利用されている。多くの鉄道の駅裏にはレンタサイクルが置かれている。近在の美術館、博物館、レストラン、居酒屋などには、最寄駅まで電車に乗り、貸し自転車をよく利用したが、困ったことが二つあった。

まず我が短足に合うサイズの自転車が皆無であった。

もう一つの問題は、すべてフットブレーキ装備車で、ハンドブレーキ自転車は無い。ペダルを逆回転させるとブレーキが利くのだが、ハンドブレーキに慣れきった日本人にはなかなかの難物であった。しかも二つの問題を抱えるチビは、フットブレーキをかけ停止した車体がある程度傾いたところで我がつま先が地面に着地できるのである。

左右の余裕が無い所でそんな所業に及べば、後続の人や車両に迷惑を掛け、危険ですらある。爽快なサイクリングとは程遠い不格好ながら、委細構わずユックリズムに徹した〝オジサン・サイクリング〟をよく楽しんだ。

体育学の大筑立志は『手の日本人、足の西欧人』（注10）の中で、農耕民族と狩猟民族の手足の使い方の差異の事例としてこの自転車のブレーキに言及しておられる。農作業の苦労も収穫の喜びも経験したことのない我が肉体にも瑞穂の国の流儀が埋め込まれていたということだろう。

エラスムス大学・飛び入り講師

この項、淑女の方は飛ばして次項にお進みください。

ハイネケン社ブレダ支店長だったメイボーン氏の友人がエラスムス大学の助教授であったことから、滞欧中の日本人ビジネスマンに特別講義をさせてはどうか、ということになったらしい。中世の大思想家の名を冠した名門大学の教壇に立つことなど身の程を弁えぬ所業とも思ったが、これも一つの経験かと考え、引き受けることにした。日本のビジネスへの関心からのお話であったので、「日本の食品市場におけるマーケティング」と題して、当社の新製品開発、市場導入のプロセスにつきスープや冷凍食品などの事例に触れながら説明した。元々、当社のマーケティングの原型は合弁相手の米国企業から導入されたものであり、商品例も日本の洋風化に伴って市場導入されたものであったので、オランダの学生達にも違和感なく聴かれたようだった。むしろ、冒頭でアイキャッチャーとして触れた漢字に彼らの関心が集まった。

「川」「山」「目」など絵文字からの漢字の成り立ち、「上・下」「木・林・森」などの論理的形成、「氵」が付く水に関する漢字、「扌」が付く手に関する漢字など、一見難解な文字の成り立ちの合理性を面白がっていた。

後年、訪日欧米ビジネスマンとの酒席の話題に、この漢字談義をすると概ね好評である。ある時、「木・林・森」三字の構造と意味を伝えた後、「女」の意味を伝え、「姦」の意味を訊いてみた。彼、片目を閉じながらニヤリとして曰く、〝trouble〟。真意を伝えると頷きながら再びニヤリ。何人かに試してみたが、ほぼ例外なく同じやりとりになった。淑女に試したことが無いことは、言うまでもない。

阿蘭陀版・居酒屋逍遥

ライデンには中華飯店、インドレストランなどアジア系料理を供する店があったが、日本レストランは無かった。アムステルダム美術館に行った折にすぐ裏手に赤提灯を下げた居酒屋を見つけた。一週間遅れで日本から送られてくる新聞のコラムにおおば比呂司の寄り目のイラスト付きの「オランダ通信」が頭の片隅に残っていたのだろう。それ以来何度か立ち寄った。ある夕刻、開店早々の暖簾を潜って店内に入ると、先客が一人店主らしき人と、漫画家の話題になっていた。ぼそついた日本語を小耳にはさみながら、〝あのコラムは追悼の再録だったのか〟〝おおば比呂司はこの店の常連だったのかなあ〟〝あの寄り目、豊満ネェサンにはもう会えないのか〟などと想いつつ、端のテーブルで、冷奴、青菜のお浸し、煮魚を肴に久しぶりの燗酒を味わい、ライデンのメイフラワーホテルに戻った。

週末の夕方、レンタサイクルでハーグの駅裏の公園を一巡りした後、裏通りで日本居酒屋を見つけた。狭い階段を上がっていくと女性の声で「いらっしゃい」——これで今夜は温かな晩酌にありつける。揚げ出し豆腐、切り干し大根、鰺フライ、若布酢味噌などなどを肴に杯を空けていると、他に客もいない手持ち無沙汰からか、傍らの椅子でお酌をしつつ、自らも手酌で始まる。頑丈な顔立ちの七十がらみのオバサンである。差しつ差されつするうちに、問わず語りの身の上話が続く。若くして渡欧しオランダ人と結婚したあとの苦労話、戦中戦後の敵国人としてのつらい記憶など、こちらも想わず胸の内が波立ってしまいそうな語り口であった。年齢と顔相がもう少し違っていたら、後日談が出来そうな一夕であった。

クレーラー・ミュラー美術館

晩秋の週末、当社での研修経験もあるメイボーン氏がリゾート地の美術館に案内してくれた。クレーラー・ミュラー美術館であった。ゴッホの作品はアムステルダムのゴッホ美術館とクレーラー・ミュラー美術館に二分されて収蔵されている。後者は郊外立地のため訪れるチャンスが無かった。オッテルローの森林公園近くの閑静なホテルに一泊し、翌朝美術館に行く。ヴァンデ・ベルデ設計の旧館のゴッホ・コレクションは壮観だった。陽光溢れる「アルルの跳ね橋」も、プルシャンブルーとレモンイエローの補色が眩しい「夜のカフェ」も、夕映えに忙しい「種まく人」も部屋中を多彩に彩っている。遺作「カラスのいる麦畑」や農民画像を多く観たアムステルダムのゴッホ・コレクションと随分、第一印象が違う。周囲の自然環境も影響しているのかもしれない。ゴッホの美術館とばかり思っていたが、それだけではない。ルドン、シニャック、スーラ、セザンヌ、ピカソ、モンドリアンなどなどに加え、彫像も多岐にわたる。

アカデミズムの呪縛から抜け出した近代美術を満喫したあとは、国立公園内をレンタ・サイクルで一巡した。自然の状態をできる限り保存しようとする姿勢が明確で、日本の公園行政が見習うべき点が多々あるように思った。

二〇一三年、ブラッセルでの会議終了後、美術館を再訪した。今回は時刻表片手に電車を乗り継いでオッテルローまで行ったが、閑散とした一等車の中で我々の話し声がやや響きすぎたのかもしれない。静寂を貴ぶ年配の方のお叱りを受けてしまった。見れば車内にその旨のウォーニングが表示されており、社会規律の厳正さに思いを新たにした。

美術館内の二次元アートの充実ぶりは変わらないが、三十年前にはほとんど素通りしてしまった野外彫刻を堪能した。遊歩道沿いのゆったりとした配置は周囲の景観とよく馴染んでいる。日本の同種の野外彫刻よりも自然との調和が重視されている。国立公園全体のコンセプトが浸透しているのだろう。

周囲との調和、他の領域を侵さないという点で、厳正な車内規律とも通底しているのかもしれない。

〝橋の街〟の変貌

週末の連休を利用してブラッセル、ブルージュ、ゲントに出掛けた。EUの臍であり観光ルートの目玉でもあるブラッセルも魅力的な街であったが、他の二都市の方が落ち着いた個性があり我が嗜好に合う街だった。特にブルージュはまさに〝中世が凍り付いた街〟であった。大勢の人々が集う市庁舎と鐘楼が向かい合うグラン・パレより、夕闇のしじまの中でこぢんまりとしたビュルビュ広場のほうが、この街には似合っている。運河クルーズ、船着き場、ペギン会修道院、ミケランジェロの彫像、メムリンク美術館などなど、どこを見ても一幅の絵になる。

翌朝、早々に目覚めたので運河沿いを歩きにホテルを出た。背後にもう一人歩いている人がいる。向こう側の石造りの家並みを愉しんでいるらしい。ゆっくりとした歩みだ。角を曲がると足音は一旦消えたが、間もなくまた後ろを歩いている。こちらが少し歩みを速めてもほとんど隔たりは変わらない。ちょっと気になったので後ろを振り返る――誰も居ない。また、歩き始めると後ろについて来る。〝中世が凍り付いた街〟を逍遥する女性のイメージが脳裏に浮かんでは消える。さらに五分ほど歩いて漸く気付く。我が足音が向こう岸の石壁に反響しているのだった。都会の喧騒に慣れ切ってしまった聴覚には、タイムスリップしたような不思議な感覚であった。それほど静謐感に覆われた街であった。

四半世紀後、仕事でブラッセルに出張した帰途、〝橋の街〟を再訪した。様相は一変していた。広場も街路も観光客で溢れかえり、運河には鈴なりの人を満載したクルーズ船が行き交い、水辺に並べられたテーブルには陽光を愉しむ喫茶客でさんざめいていた。〝孤愁を湛えた中世の女性〟はどこかへ逃げ出してしまったらしい。

ギリシャのタクシー・ドライバー

ハイネケン社での研修中間点で十一月初旬一週間の休暇が設定されたので、ギリシャに出掛けることにした。アムステルダム・スキポール空港からアテネまでわずか四時間のフライトで、この地で展開された歴史、文化の密度を想うと、その呆気なさに少々驚いた。しかし、その四時間が齎した差異は大きかった。鈍色の冬空は陽光に満ちたセルリアン・ブルーに変わった。人影少ない閑静な街並みは、遺跡が垣間見える喧騒溢れるストリートに変わり、道行く人は取り澄ました表情から人懐こい顔貌に変わった。

パルテノン神殿からの帰途、客待ち顔のタクシーに地図上の我が逗留ホテルを告げると料金を言ってきた。数日間の滞在で得た感覚では随分割高に思えたが、乗ることにした。二十分ほどで着いたホテルは目的の場所ではないので、我がホテルを再度伝えると、さらに先ほどの金額が必要と言う。経緯からして間違ったのは彼の方であるので、当初の料金で行くべきであると英語で怒鳴った。彼がより大声で怒鳴り返してきたが、英語ではないので全く分からない。お互いに理解できない一方通行のコミュニケーションを十分ほど怒鳴り合っただろうか――〝ポリス〟の一語が二人のパワー・バランスを変えたらしい。〝運転手氏〟は急発進し、十分後には我が逗留ホテルにピタリと停車し、即、走り去った。〝英語で喧嘩〟も初体験だったが、〝意志あれば通ず〟の実体験は、呆気らかんと開けっ広げな南欧の生活臭にも触れたようで妙な納得感があった。

数日間、博物館のアルカイックな彫像や眼が蒼く染まりそうな地中海の光を満喫していた我が精神は、いつになく鷹揚になっていたのかもしれない。

それから三十年、財政難に苦しむギリシャはＥＵ離脱回避のための緊縮財政に庶民の憤懣が鬱積し、加えて予想外の英国のＥＵ離脱が現実となり、移民問題も抱えたＥＵ全体が不安定になっている。四時間のフライトでカバーされてしまう経済圏は一層緊密度を増さざるを得ない。古代ギリシャ以来、人智形成の先頭を歩んできた西欧が、保護主義に走る米国、権益膨張を図る中国に対する健全なる一極を担ってほしいものである。米国が〝世界のポリス役〟から退出しようとしている現在、人類社会の安定化のためには「バランス オブ パワー」が不可欠である。

ローザンヌのビジネス・スクール

四十代前半にスイス・ローザンヌのＩＭＥＤＥ（現在のＩＭＤ）で経営コースを学んだ。家族帯同のコースであったが、長男の高校受験を控えていたので、前半は近くの老舗ホテルに逗留し、後半に家族合流後、アパート住まいをすることにした。

コース前夜祭の折に、数日前に渡された厚さ一センチほどの〝週間〟テキストは読了した旨を伝えると、それは一日分とのことで、帰りがけに厚さ七センチほどの来週分を渡された。予想をはるかに超えた〝厳しき日課〟の始まりである。予めテキストを読んでおかなければ、質疑中心の授業に出る意味は無くなる。

我が英文読解力では翌日分を授業終了後の前夜に読了することは不可能である。

土曜日は午前中で授業が終わるので、午後から日曜終日を掛けて翌週水曜日分まで先行予習しておき、徐々に追い付かれて金曜日に〝帳尻〟が合うべく日課を組み立てた。それでも毎晩、午前二、三時ころの就寝となった。

我が部屋の直下の部屋に逗留するフィリピン・ネスレの男性も、我が語学力よりは相当マシなはずだが、結構苦労していたらしい。ある晩、疲れ果てて一時半頃に寝てしまった翌朝、我がテーブルに来て、「昨夜は早く寝てしまっただろう?」と見透かされてしまった。老舗ホテルの床の軋み音が早くに途絶えたと言うのである。彼には後日、借金を申し込まれるほど、親近感を持たれた。床板一枚で苦難を共にしたよしみである。

自分でもよく勉強したと思える時が二度あった。大学受験期とローザンヌ逗留時であるが、中年期には体力的にも堪えた。これ以上キツイことは来ないだろうという妙な自信にはつながった。

経営コースはある程度の実務経験を踏まえたほうが有効であるが、体力、気力、思考の柔軟性なども考慮すれば三十代中頃までに履修することが望ましい。ＡＩ、ビッグデータの活用、ＩｏＴ（Internet of Things）のビジネスモデル化、フィンテック活用など技術革新のハイテンポな進化を考えれば、一層その感を強くする。

マクドナルド・〝一〇分ディナー〟

ローザンヌ滞在中は夕食時間も無駄にできなかった。金曜か土曜の夕食は仲間との交流のためにも二~三時間の楽しみを持ったが、週日の夕食はできるだけ時間短縮を図った。それでも酒類愛好者としては、ビールくらいは欲しい。そこで〝マクドナルド・ディナー〟を編み出した。ホテルからトラム二駅で旧市街のマクドナルドがある。日本と違い当時もローザンヌのマクドナルド・メニューにはビールがあった。「ビール大+ビッグマックなど+少々」——所要時間十分強で〝ほろ酔い夕食〟が終えられるのである。

当時、マクドナルドで家族連れが夕食を摂っている姿を見ながら、我が食生活の乱れも顧みず、彼らの食習慣に違和感を抱いていた。四半世紀を過ぎ、和食文化が世界文化遺産になった今、日本でも夕食時にファストフード店が混み合っている光景に出くわす。外来種による在来種の衰退は、植物の世界だけでなく、我々の文化においても、その懸念がゼロとはいえない。和食文化の世界遺産登録申請にあたり、先輩国であるフランスの関係者を訪ねた折、彼らも同種の悩みに触れていた。

健康長寿国・日本の和食文化を維持し、次世代へ伝承することは、我々世代の責務である。

老舗ホテルの日本人団体客

我が逗留のホテル・サヴォイはレマン湖畔の好立地のため、観光拠点として人気が高いらしく、日本人の団体旅行者をよく見かけた。朝食にレストランに降りていくと、日本人客がバスに乗り込む前の慌ただしい朝食を摂っていた。メニューの品定め、今日の予定確認をし、その合間に席を立ってはスナップ写真を撮るなど、とにかく忙しい。早朝なので少数ながら欧州系の方が窓際などから、物珍しげに見やっている。毎朝のように繰り返される光景に、同胞として居ずまいを正したくなる気分であった。

平成二十五年頃から海外、特に中国、韓国から訪日される観光客が急増している。彼らの買い物熱は高く、特に中国人は一人三十万円近くも費やすので「爆買い」などと言われ、日本のＧＤＰを押し上げるほどになっている。長年の停滞に悩んできた日本経済にとり有り難いことであるが、問題も出ている。場所を弁えない高声や温泉の利用の仕方など、地元民の顰蹙を買うようなことも散見されるらしい。

異文化が出会う時、「郷に入っては郷に従う」順応性と、迎える側の寛容が相互交流の効果を増幅していくために肝要である。我々も四半世紀前に欧米人が示してくれた寛容の精神で訪日客をもてなしたい。

ローザンヌ中華飯店のつゆそば

ローザンヌには数店の中華飯店があり、洋食に食傷気味になると、訪れた。旧市街の店がなかなか味がよかったので、よく通いマスターとも顔馴染みになった。ある時、メニューに無いつゆそば（いわゆるラーメン）が無性に食べたくなり、下手な英語で説明し作れるか訊いてみた。向こうも英語は苦手ながら「分かった、作ってやる」と言う。得意げに出来上がったモノを卓上に置いて、どうだ、といった顔をする。

確かにラーメンらしき様相ながらなぜかトッピングとしてハムエッグがのっている。ちょっと変形ながら「立派なラーメン」である。納得の合図を送ると満足そうに「ボナペティ（どうぞ）」。

焼きそばは何度かご当地メニューとして食べているが、つゆそばは初めて。早速熱々を勢いよく啜り、スープも大方いただいた。大満足で顔を上げると、壁際の席のご老人が侮蔑感あふれる強い眼光をこちらに放っている。途端に気付いた――シマッタ、海外ではご法度のことをやってしまった。

急増する訪日外国人観光客のお目当てのひとつは、日本食を味わうことである。今や、世界に日本食レストランは九万軒以上に上る。世界中の人達が音を立てて麵類を啜る。保守的と言われる食文化も変わっていく。しかし、今も食事時に音を慎む文化は多くの文化圏で支持されている。節度も大切である。

Ⅲ　平成全期

備前焼

若年の頃から釉薬を使わない備前焼が好きだった。折に触れ、あちらの陶器屋で湯のみを、こちらの百貨店でぐい飲みを、民芸品即売会で珈琲碗を気儘に買い求めては愛用していた。ある年、山陽地域を巡る旅の途次、窯元の集まる岡山県伊部に立ち寄った。駅構内には窯元マップがあり、登り窯イメージの伝統産業会館もある。

マップには各窯元の位置とその陶印が一覧になっている。陶印は元来、複数の作家の作品を同一窯で焼成する時、作家の目印として刻印したものが、次第に作家のサインとしての意味を持つようになったらしい。帰宅後、我が愛用品の陶印を調べてみると同じ陶印が付されているものが相当数に上り、「好み」とは言葉のイメージほど不確かなものではなく、裏返せば柔軟性に欠けることにもなり、いずれにしてもなかなかに興味深いものだと想った。

窯元、ギャラリー、藤原啓記念館などを一巡し、伝統産業会館で胡麻肌の花生け、桟切りの利いた花生けや壺、赤ボタのぐい飲みなど買い求めた。これらを並べて描き〝和製モランディ〟（モランディ様ゴメンナサイ）たらんと不埒な野望を抱いての購入である。

モランディはお気に入りの陶器、水差し、カップなどを様々な配置で描き、物と空間の在り方を追求しているが、そこから産み出される静謐感は他の誰も創出していない独特な

「備前」 F 20号

ものである。

　我が「備前」は横一列に並べた。この構図は整然とした静謐感を生み出すこともあり、対象の向きの変化により動きや対象間のコミュニケーションを表出させることもできる。スルバランの「静物」は前者であり、洋画家、曾宮《そみや》一念の「梨」や日本画家、小倉遊亀の「仲良し」は後者である。

　こんな愉しみを我がライフスタイルに取り込むことができたのも、半世紀前の高円寺・画材店の啓蒙活動のおかげである。

インディアン・パシフィック鉄道

会社の永年勤続表彰で勤続二十五年を機に、十日の休暇と十万円を頂いたので、私は妻と豪州大陸横断鉄道に乗ることにした。パース＝アデレード＝シドニー、四日間の旅である。コンパートメントには専用シャワーが付き、食事は最後尾のダイニング・カーで専任のシェフ・クルーがサービスしてくれる。景観と食が車内での愉しみになるので、シェフの腕前もスタッフのサービス精神もなかなかに洗練された愉しい雰囲気である。乗客は地元オーストラリア人や欧米系の年配者が大半で、アジア系は少数であった。

昼間の窓外は変わらない景観を愉しむ〝ボンヤリ・タイム〟である。行けども尽きぬサバンナを五、六頭のワラビーが列車と並走している。その群れが窓外に消えると、また空っぽのサバンナ景観が続く。三十分ほどすると別のワラビーの群れが並走し、窓外に消え、空っぽの草原が後ろへ飛んでいく。この〝茫洋景観〟が頭を空っぽにしてくれる。

夜は、夕食後のお喋りはすぐに種切れとなり、早寝となる。三時頃、車輪の音に目覚め、ブラインドを細く上げると、あっと息をのむ――漆黒の闇に浮かぶ無数の星が音も無く六十キロの速度で流れ去っていく。眺めている私という主体は消え失せ、流れゆく星群と闇に同化している。一瞬、現成公案とはこの瞬間が連なっていく状態かなどと想う。三十分たっても飽きない。六十分経過しても眠くならない。列車がスピードダウンしたのを機に眼を瞑った。

インド洋から太平洋への移動は、昼も夜も「時間」を観取させてくれる旅であった。それは、大森荘蔵の説く『時は流れず』（注11）や道元の『正法眼蔵』にある「前後ありといへども前後際断せり」（注12）を形象化してくれたようにも思うが、凡俗の脳髄には悲しいかな〝ボンヤリ映像〟が残存するのみである。

〝成田離婚〟の理由

一九九〇年代、新婚旅行先としてオーストラリア、ニュージーランドなどオセアニア方面の人気が高かった。我々、夫婦がインディアン・パシフィック号の旅程を終えて、シドニーのホテルに到着したのは、そうした時期の大晦日の夕方であった。ホテルのチェックイン・カウンターには日本人の新婚らしき二人連れが五、六組手続き中であった。意思疎通に四苦八苦の様相であったが、どのペアもホテルマンにカタコト英語を語り掛けているのは新婦の方で、新郎らしき男は後方でスーツケースの横で所在無げに佇んでいる。手続きが済むと新婦が先に立ち、新郎が後を追う——その姿が何とも頼りなげに見える。当時、巷間で語られていた〝成田離婚〟の一局面を観たような気がした。最近、言われ始めた

〝草食系男子〟のはしり現象だったのではなかろうか。

それから四半世紀、女性の社会進出をバックアップする制度作り、社会環境が動き始めた。人口減少、老齢化に伴う労働人口の急減も背景にあるが、男女共に社会的活動に意欲的な層とそうでない層に二極化が進み、性別を問わず前者が活動しやすい日本社会の形成が真剣に求められ始めたということだろう。〝オトコが外で働き、オンナが家庭を守る〟という考え方は、若年世代の価値観にも社会的ニーズにもそぐわないものになっていた。

昭和の成長を支えてきた日本社会の旧制度が、家庭、行政、国家、教育、職業、産業、企業組織などどの領域でも制度疲労を惹起している。

多様な価値観に基づく多様な生き方を可能にする日本社会の新たな仕組み造りに取り掛かるべき時である。そのためには社会科学分野の全領域を挙げた二十一世紀日本社会論の提言がなされるべきではないか。いつまでも欧米の成果の紹介や社会の一側面のみに限定した学問だけに止まっていてはならない。政治批判をするだけではなく、政治活動の基盤となる理論提言こそ学界の任務であると思う。

悠美会展。毎年、小学校時代の先生方、級友がご来観。後列、左より５人目筆者。

悠美会展

会社仲間とともに年に一度、油彩画を持ち寄って会社近くの画廊で展示会を催す。集客力に乏しい素人集団なので、会社に至近距離にある画廊を確保し、会社仲間に多く観ていただこうという魂胆である。元々、川崎工場・中央研究所のクラブ活動・美術班が母体となっており、四十年余の活動歴がある。したがって互いの人柄、性格などもよく承知している。絵画には創作者の性格が反映するものであることがよく分かる。謹厳実直、真摯な研究所の技術者は中世オランダ画家のような細密な静物画を画く。大学柔道で活躍したグループ会社社長経験者の体躯に宿る魂は繊細らしく毎年点描画を出展する。口数少なく自らの役割をきっち熟すエンジニアは人影少ない心象風景が得意である。画業以外に遺跡発掘、一眼レフカメラなど多彩な視野を持つ営業経験者は鮮やかなカラリストである。

描く対象からどんなテーマを引き出すか——そこに描き手のモノの観方、これまで培った能力、積み重ねられた経験、そしてそれらの総体によって形成されたその人の性格などが、テーマ選択に反映される。だからこそ芸術には個性の数だけ多様なものが創出される。しかし、あるテーマとそれを支える技術が成功した時、多くの場合、そこから動き出せなくなり、停滞が始まる。我が悠美会メンバーは七十歳を超えて、まだ変わろうと努力している。米国で読み継がれている美術講義録『THE ART SPIRITS』の中でロバート・ヘンライは言っている。「作品は成長の過程から生まれ、その発展の度合いを記録し明らかにするのである。作品自体はゴールではなく、どんな道筋をたどって人が成長していったかの記録なのだ。」（注13）彷徨える素人をも救ってくれる有り難いフレーズである。

枕崎鰹博物館

風味調味料の主原料である鰹節の製造過程を知るために枕崎を訪れた際、町立の鰹節博物館に立ち寄った。財政的にも厳しいのだろう、廃校になった一昔前の小学校らしき二階建て木造校舎の入り口に板書きの表札が掛かっている。軋む廊下から展示スペースを進むにつれ、その内容の幅の広さと深さに認識を改めた。鰹節博物館というよりは鰹文化館の様相である。

　取っ掛かりは、一本釣りのための船舶、竿、糸、釣り針が展示されている。釣り上げられた鰹は三枚におろされる――庖丁が並ぶ。蒸煮の後は乾燥・燻し工程であるが、指定の各種薪材が並ぶ。調理時に使われる削り器の隣には、汁椀など漆器類が妍を競う。和食文化の中核を担う鰹節・鰹出汁が食卓に届くまでには、これだけの資材、技術が集約されている。

　この重要な水産資源を有効活用するために「鰹技術研究所」を設立した。節を製造するための技術開発は勿論、主要テーマであるが、一尾を余すところなく使い切るための技術開発も重要である。蒸煮工程で出る残液のエキス成分を取り出す。尾頭《おかしら》、内臓は発酵して醤《ひしお》の原料となる。中骨はカルシウム強化原料となる。水産資源が細る中、成魚にGPS探知を付け、回遊経路データを蓄積し、生態研究による育成保護のための知見を得る努力も始まった。

　二〇一六年、ミラノ万国博覧会で日本館は入館に七時間も要するほどの日本食人気であったが、食材確保に関係者は大変な苦労をされたと聞く。ＥＵの食品規格が厳格で通関できなかったケースが多々あったためである。鰹節もその一例で魚肉の燻し工程でのベンツピレンの基準値が異常に厳しいのである。薄めて使う出汁文化への理解不足も一因であろう。関係者の働きかけにもかかわらず、基準値改定には至っていない。その後、枕崎漁協がＥＵ規格をクリアする鰹節製造技術を確立し、ＥＵ域内に工場建設をするとのニュースに接し、鰹節博物館で観た技術蓄積を想起した。

鰹節は和食文化の背骨を担う出汁の主要素材である。出汁と健康との関連では、製造工程での副生物の安全性基準と動物性油脂や砂糖などの使用量を軽減できる調味における出汁の効用の両面から考える必要がある。バランスある合理的判断をするためには、食文化への深い理解を要する。文化交流の難しい所以である。

北京瑠璃廠

想定時間の二倍を超える合弁相手との会議を終えた後、出向者の一人が我が関心事を念頭に、北京・新華街に明代から続く書画・骨董の街・瑠璃廠に案内してくれた。陶器あり、書画あり、画材ありで、街並みを彷徨するだけでも愉しいが、由緒ありそうな書画の店に立ち寄った。一階には硯、筆、墨など書の道具が並ぶ。二階には掛け軸、額装品から色紙に至るまであらゆるサイズの水墨画が展示されている。中ほどのコーナーに一人の作家の四季の掛け軸が我が興味を引いた。個性的な訥々とした線描で山水に住まう人影や川面を滑る舟人が描かれ、季節感漂う淡彩が密やかに施されている。ぐるりと回って回廊の反対側の一廓にもう一点、額装された水路沿いの家並みの絵が我がアンテナに掛かった。確認すれば掛け軸の作家のものであり、途端に所有欲が頭を擡げた。掛け軸がわが家の床の間に合いそうだが、我が財力を超える。我が家の所蔵品を補う夏、秋の二幅を購入したい旨、店員に伝えた。彼女は一存では決めかねね上司に相談にいき、応諾してくれた。

以来十年ほど、我が八畳間は夏には緑陰・川面の舟人、秋には紅葉愛でる橋上の村びとが住まっていたが、我が額が広がるのに合わせるように、緑陰・紅葉の淡彩が色褪せた。先年、上海の書画展示を観た折に、我が感覚にピタリはまる一点を買い求めた。国営店なので価格減額はできないと作家の画集を進呈いただいた。見れば米国の美術館や著名人も所蔵する評価高き作家で、風趣溢れる水墨の世界へ誘ってくれる頁が連なっていた。

以来、四季を通じて黄純斉の一幅がわが家唯一の和室を飾っている。

父の〝小さな絵心〟を受け継いだ我が審美眼は、父の時代には夢想だにできなかった眼福を享受させていただいている。

社長以外は全員同じ机・椅子

冷凍食品事業は市場参入以来二十年以上経過していたが、軽減されていた共通費を負担すれば、未だ収益体質になり切れていなかった。社長から自立を促され、分社化に踏み切り、私は副社長になった。

当社の主力事業は、いわゆるドライ系の事業分野で、それらの事業においては副次的要素であるが冷凍食品事業の運営の中では重要性を増す部分に弱みの原因があった。生鮮の原料調達、コールドチェーン物流、冷凍ショーケース内スペース確保とそのための販売体制、それらの管理体制などが主要な弱み部分で、それらの徹底的な合理化、コスト削減を行い、事業構造が強化された。

本社の先をいくことも試みた。その第一はテレビ会議システムの導入である。当時、主力工場は群馬、香川、佐賀、岐阜にあったが、航空便のない岐阜―群馬のメンバーの会議は討議時間よりも移動時間の方がはるかに長時間を要した。テレビ会議システムがこの問題を解消し、大幅なコスト合理化と仕事効率化がなされた。又、本社の事務机・椅子は、職位ごとに大きさなど規格が違っており、一般事務職の椅子には肘掛は付いていなかった。

肘掛がある方が使いやすいとの声が多数を占めた。そこで社長は別格として、副社長から一般スタッフまで机の大きさ・肘掛椅子の規格を全て統一した。職位のシンボルから効率本位のコンセプトに切り替えた。規格一元化によりコストダウンも実現した。

こうした積み重ねは従業員の意識にも反映した。本体からの出向者と地元採用者の意識の壁が薄れ、従来、本体出向者に依存し切っていた海外要員に地元採用者が手を挙げるようになり、冷凍食品分社判断によるグローバル事業展開が軌道に乗り始めた。

二〇一五年、冷凍食品事業会社は米国市場に広く販売網を持つ冷食会社を買収し、当社創業以来の夢であった当社ブランド品の米国リテール市場・メインストリームでの本格展開が、冷凍食品事業により成就された。一九一七年、ニューヨーク事務所創設から一世紀後の快挙である。独り立ちを求められた事業がグローバル市場での存在感を得た瞬間である。

海外出張と音楽

海外出張の途次、たまたま出会う興味深い地産品をお土産にすることは、なかなか楽しいものである。〝自分へのお土産は概ね後回し〟になるが、ある時テーマを思いつき実行している。土地の民族音楽か、その時点でベストテンに入っているポピュラーで我が世代にも馴染めそうなもののいずれかを購入する。試聴する場合もあるが、店の薦めに従うこともある。宝くじを買うようでなかなか面白いのである。無論、外れもあるが、〃当たりの多い宝くじ〃である。台湾の若手男性歌手のラブソング、カナダの自然・朝などを想起させる軽音楽、ベルギーのカテドラルで演奏していたハープ奏者のCDなど折々にプレーヤーに載せる。

アセアン数カ国を巡回した時、毎晩夜逃げをするような荷造りをしては次の回訪地へと移動を繰り返し、フィリピンでの最後の仕事を終えてマニラからの午後便に乗り込んだ。荷を収め、機内で読む書籍を確保して上着を預け、シートに埋まり込む。機内説明が一段落しBGMが我が聴覚に流れ込んでくる――「月光だ」あの繊細で幻想的な旋律を追っている僅かな間に、我が胸奥から波紋が広がり涙腺が我がコントロールを超えて弛緩してしまう。機内乗務員がやってくる前に何とか取り繕う。音がこれほど生理的に迫ってくるのは初めての経験だった。他人のその種の言語表現には違和感をもって聴いていたが、それが我が身に起きた――初めてだが深みのある経験だった。老化のせいか、疲労のせいか、雑念から解放されていたのか――いずれにせよ人生の第四コーナーを回ったところで、ロマン溢れる若い魂が生み出した美音に酔えるのは嬉しい。

昭和の小学校の教室での我が〝クラシック初感動〟は、ベートーベンが聾病との苦闘の中から産み出した曲だった。辺境レポーター高野秀行が、異境の地で遭遇する若き日に聴き慣れたミュージックに涙腺が緩む体験を語っているが（注14）、涙腺を刺激するものは、人類共通基底に根差すものと、民族固有の心性に根差すものがあるのだろう。

胸奥に風渡る「顔」

二〇〇九年、神奈川県立近代美術館・鎌倉別館で関合正明の絵を観た。異国の街に寄せる閑かな想い、家族を包み込む柔らかな心情が、小さな画布の中で密やかに息づいているのが心地よく染み入ってくる。メディアは〝慈しみの眼差し〟と表していた。入り口近くに「邑子像」があった。愛孫だろうか。おでこをスッポリ隠している長めのおかっぱの下に円らな瞳が好奇心に溢れている。真ん丸い〝日本人の鼻〟の下に、まだ乳首を欲しそうな紅い口元が、ちょっとだけ開き加減だ。指でそっと突きたくなるような頬と下顎は、大福餅のポッチャリだ。画家の慈愛の眼差しが見出した無垢な魂のカタチである。

三岸節子の足跡を辿る個展の折に、必ず劈頭に置かれる「自画像」は三号ほどの小品ながら一度観たら忘れ難い。女流画家が受け容れられる素地が希薄であった社会状況の中で、春陽会の特選に選ばれた像であると言う。大正期らしい和装で暖かい紅色が心地よいが、それは後から半歩下がっての全体把握で再認識するのであって、絵の前に立った瞬間から暫くは、強い意志が送られてくる二つの視線が、観る者の胸中に刺さりこんでくる。潤んだ眼球から放たれている光は固くはないが真っすぐで、観る者はその視線を受け止めるには、真っすぐ正対することになる。眉にも口元にも意志力が宿っており、その若く美しい緊張と対峙している快さが、こちらの胸中に青春の爽風を想起させてくれる。

十年ほど前、真鶴半島に出掛けた折に、小田原から入る大雄山駅近くに松田正平の個人美術館があると知り、立ち寄ることにした。洲之内徹の『気まぐれ美術館』で読んだ記憶があったからである。

「温もり」が全ての画像に埋め込まれていた。赤い舌を出した「四国犬」も上目遣いの「おひょう」も、ビックリ眼の「ふくろう」も、みんな観る者と話したがっている。風景の中でもフワリと雲の会話が交わされている。「周防灘」では太陽と舟人が、月と子供たちが、かもめと鳥影が、向こうの赤い灯台とこちらの白い灯台が言葉を交わし合っている。

素描の自画像「Mの肖像」があった。皺が刻まれた額の上に雑草のような髪がポヤポヤと立ち上がっている。破顔一笑――真ん丸な眼鏡の奥には、孫を見ているような小さな眼が目尻を下げている。形の良い鼻梁の下に開かれた大口から不摂生が祟ったような欠けた歯並びが露わになっている。

画家の「温もり」の風が、こちらの体内に流れ始める。

スマホに見入る人、先を急ぐ人に溢れかえる平成の街では、「慈しみ」、「真っすぐな青春」、「温もり」の風を感じられる表情にはなかなか遭遇できなくなった。

洗練された職人ワザ

タイのグループ会社の有望な若手が長期研修で日本滞在した折のある週末、我が家に泊まりにきた。翌日、起きてみると思いがけず銀世界になっており、南国育ちの彼は大喜びであった。雪景色も満喫できるだろうと成田山・新勝寺に観光がてらお参りすることにした。京成成田からの参道沿いには風情のある土産物店や割烹、旅館などが並び、物珍しそうに歩いていた彼が一軒の料理店の前で足を止めた。店先でウナギを蒲焼用に開いていた。その庖丁さばきに魅せられているらしい。五分ほどで先を促すと振り返って曰く〝So sophisticated !〟。参詣の後、その店に上がり込んで鰻重を平らげ〝美味しい〟。

雪の新勝寺、風趣豊かな参道、職人の〝神業〟、美味なる和食などなど、充実の週末になった様子であった。


後年、彼はカンボジア工場の責任者となり、私が工場訪問した折には、工場のメンバーを集め、私を囲む会の中で滞日経験の意義をその時のスナップ写真などを見せながら語ってくれた。雪景色の話題は出たが鰻重の話はなかった。


民間外交活動の一環で毎年アセアン地域を訪問している。各国の指導層の方々からインフラ整備、製造業の成長、農業の生産性向上、投資誘致策などに関し基本方針や主要施策を伺い、日本からの貢献、相互交流などについて話し合う。

その折に、常に行き当たる共通課題は、考え方を具体化し実行していくための人材不足である。投融資、技術協力、制度作りなどに加え、人材養成の協力が他の先進国以上に日本が貢献し得る領域である。

日本人の現地滞在、現地スタッフの滞日研修などを通じてアセアン諸国成長に寄与したい。それは〝日本ファン〟を作り、日・アセアンの絆作りにも繋がるだろう。

〝ミタカに行きたい〟

米国からのホームステイ男子留学生を四カ月ほど、受け入れたことがある。我が家は二世帯住宅で二階には娘世帯が親子四人で起居していたが、廊下を隔てた二階の空いていた四畳半の部屋を彼の部屋とし、朝夕の食事は一階の我々夫婦と共にすることにした。和食中心の献立だったが、何でもよく食べていた。我々の下手な英語と彼のカタコト日本語で、日常会話は何の不自由も無かった。

平日は我々と朝食後、幕張の神田外語大に行き、夕方、最初は挨拶を取り違えたりしながら帰宅し、妻と夕食を摂った後二階でプライベートな時間を過ごすという日課であった。週末は、仲間同士で出掛けることが多かったが、我々とも二、三度、近くの佐倉・国立博物館、成田山・新勝寺などに行ったが、最初に行きたいところを訊くと答えは「ミタカ」。我々は彼の趣旨を摑みかねてさらに訊けば、狙いは宮崎駿の三鷹の森ジブリ美術館であった。我々は案内能力に欠けるので仲間同士で行ってもらった。

滞在期間の最後の週末には京都で日本文化と和食を満喫してもらった。彼も和傘の土産を買いこみ楽しんでいた。

数年後、千葉県銚子の住所で彼から突然の手紙が届いた。千葉県が募集した小中学校でのネイティブ・スピーカー有期英語教師に応募し、難関突破して銚子市に住んで英語を教えているのだという。早速、拙宅に週末泊まりに来てもらい、我が家の三世代と再会を愉しんだ。狭いアパート住まいや、自転車泥棒に遭ったりと苦労しつつも〝先生のくらし〟をエンジョイした様子で、結局二年間滞在し、その間に頻繁に韓国にも出掛けていたらしいが、そこでフィアンセまで見つけてきた。我が家にも二人で寄って行ったが、難しい宗教論議なども熟す賢こそうなお嬢さんだった。

彼らが銚子に帰った後、私が「あれは尻に敷かれる」と言うと、妻も同感らしくニヤリとしていた。

米国に帰国後、就職の知らせ、ご両親の日本案内、子供の誕生など、嬉しい知らせを度々届けてくれる。手紙が届くたびに日本語はだんだん怪しくなり母国語のウェイトが上がっているが、同封される写真はどんどん賑やかになり、今や三人の子のパパ・ママである。

同友洋画会

十五年来、同友クラブの同友洋画会に参加している。指導は文化功労者・絹谷幸二先生である。もっとも、我々の趣味としての取り組み姿勢を、先刻承知の先生は「絵でどうにか成りたいわけではないでしょう。好きに描けばいいんですヨ」と、各自の自己流を尊重してくださる。それでも、モデルへの正対の仕方、構図の取り方、明暗の観方、難しい形態の処理の仕方などなど、懇切にご教示くださる。年一回、実力不相応な銀座の画廊で開く展示会の合評の折にも、課題指摘のあと讃辞で結んでくださる。昔はもっと手厳しかったらしいが、〝丸くなった〟というのが、永年在籍の諸先輩の評価である。

月二回の練習日に大手町で着衣またはヌードのモデルを囲む。三回の練習日で新しいモデルに変わる。私が参加した頃は毎回二十人ほどの出席者がいたので、それぞれの席が決まるまでが大変だった。最高齢の九十三歳の方が好みの場所に座り、次に八十八歳の方が着席する。八十代、七十代と続いて、最若手の我が席は概ね毎回、三列目の似たような辺りで前の方々の背中の隙間から描くことになる。帰宅後、妻から「なんでいつも同じ方向から描くの？」と訊かれ、私は答える——「世の中で生きていくには色々あるの」。

全員が落ち着いて描き始まると間もなくモデルに質問が出る——「キミ、何て名前？」「A子です」。ワンテンポおいてもう一人が「君の名前は？」「A子です」。同じ問答がさらに二、三回繰り返され、皆の絵筆が動き始める。十分ほど経つと窓際から一声——「キミ、何ていうんだっけ？」。モデルさんも慣れたもので「A子でーす」「裾の下はどうなってるの？」——全く邪心の感じられない単純質問なので、モデルさんも「こうなっています」

この柔らかな雰囲気と合間に交わされる年輪に裏打ちされた会話のバランスが、他では味わえないもので、〝最若手〟は黙然と三時間を満喫していた。

それ以来、退会者や逝去された方があり新入会者が少ないため、最近は出席者が常時六、七人になってしまった。今もって〝最若手〟であるが、定位置はかつて八十代の方々が占めていた好位置で、腕が上がったわけではないが、妻からの批判も無くなった。

卒業論文は山頭火

二〇〇四年二月初旬のワルシャワは例年にない暖かさで摂氏十度もあった。暖かさに誘われてか、ＥＵ加入前夜のせいか、ワルシャワ広場は何となく華やいだ雰囲気であった。現地スタッフを含め我々四人も食後、暖気に誘われ広場からの大通りをホテルに向け散策することになった。酔いに膨らんだ声高の日本語が、雨上がりの濃密な大気に溶け込んでいく。三々五々漫《そぞ》ろ歩いていく現地の人の中に、デート中らしきカップルの女性の方が頻りに我がグループの方を振り返りながら柔らかな視線を送ってくる。意志的な大粒の瞳と内から盛り上がる薄紅色の頬が、心身に漲る若さと健康を象徴している。〝我らの中の誰に関心を持っているのか〟我が仲間の一人が自問する。一番物怖じしないひとりがキッカケを捉えて彼女と我々の会話が始まった。

彼女はワルシャワ大学日本文学科の学生で数年間日本に長期留学していたこと、現在卒業論文に取り組んでいること、久し振りに日本語を耳にして懐かしさのあまり振り返ったことなど、日本のヤング顔負けの美しい標準語で説明してくれた。

泡のような夢想は消えたが、会話は続く。

「卒論のテーマは何ですか」「山頭火です」「サントーカ？」我々のひとりが脱落した。「それじゃあ、その次は尾崎放哉？」「そう、放哉にしようと思っています」

予想もしない答えに、我々全員、脱帽した。

若く美しい恋人たちと別れた後、ホテル内で一献傾けながら、現地スタッフとのコミュニケーションに苦労している法人長に「さっきの大学生なんか恰好の人材では？」と言うと、言下に「ダメダメ、あんな美女が傍にいたら仕事が手につかない」と大爆笑の後、文化に対する若者の彼我の差が話題となり、日本の将来を憂える一夜となった。

その後ポーランド法人は現地スタッフの精励により、欧州市場への即席麺の生産拠点となっており、東日本大震災の折には日本から製品調達が出来なかったパリの食品店の棚には、ポーランド法人の即席麺が並べられていた。

　さらにポーランド産のそば粉を使った日本蕎麦の商品も開発され、東西食文化の融合が実践されている。江戸期の飢饉を救い、終戦後の代用食として活用された蕎麦文化が二十一世紀の欧州人の味覚の幅を広げつつある。

年賀状と夫婦関係

　三十年来、創作年賀状を継続している。当初は版画年賀状を作成していた。木版一〜三版を彫り上げ試し刷りで配色が決まると、数枚の見本刷りをし、あとは数百枚の手刷りを妻に託す。作業量は二色刷りであればハガキ枚数の二倍、三色刷りであれば三倍となる。ピーク年には七百枚分の刷りになり、妻の堪忍袋の緒が切れた、翌年から我が油彩画を写真撮りし、ハガキ印刷する方式に切り替えて十五年ほどになる。夫婦間の雲行きが怪しくなると今だに、当時の我が暴挙のおかげで腱鞘炎の後遺症が残っていると苦言を呈される。印刷方式に切り替えた後、妻も二十枚ほどの賀状を出状していたが、最近は全く出さなくなった。虚礼廃止を徹底することにしたのか、我が手になる賀状使用を潔しとしないからか、定かではない。後者の想いで後遺症を言い募る権利を担保している——というのが我が邪推である。

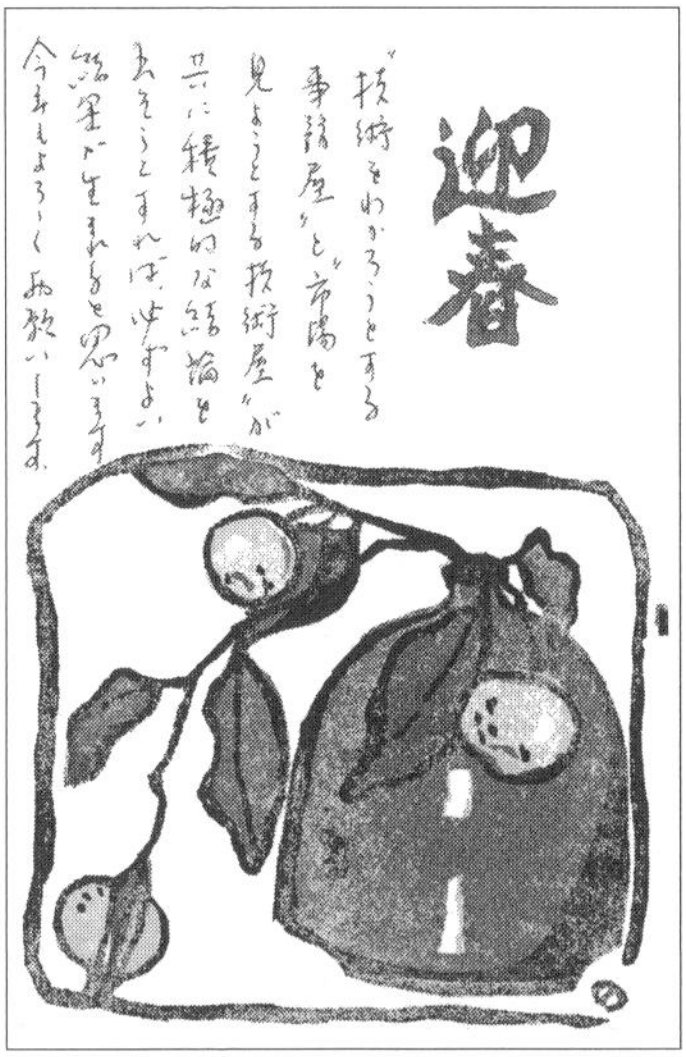

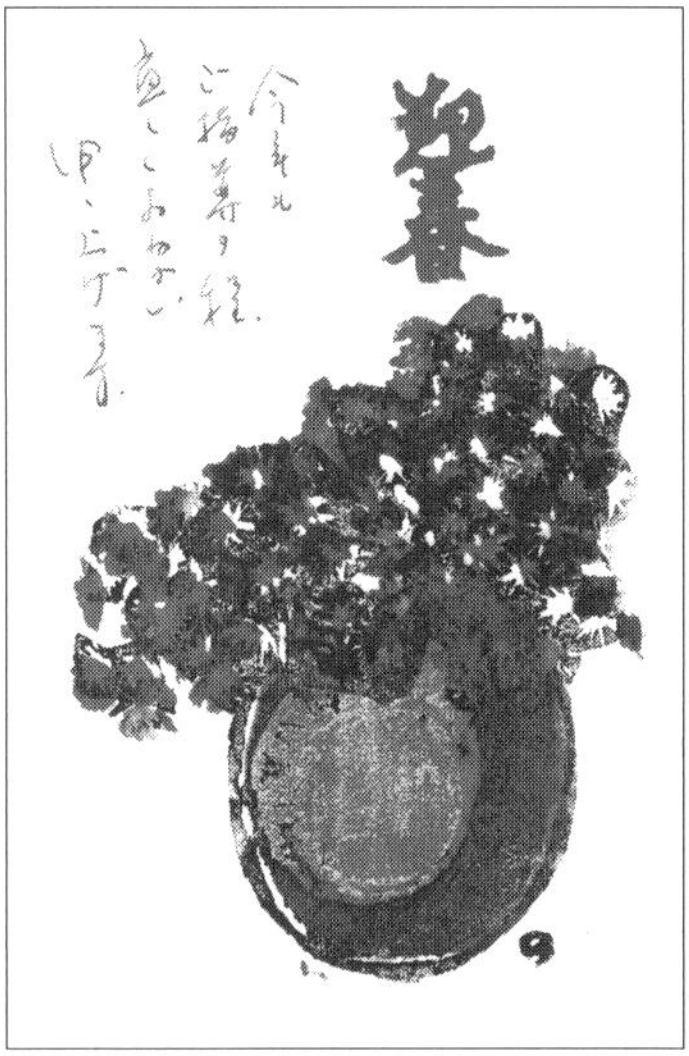

第三十六回悠美会出展「鼓」F12号

第四十回　悠美会出展「華は愛惜に散るのみなり」F20号

夫婦関係を修復するべく、版画から印刷方式にきりかえた年賀状。

齢と共に、味覚の嗜好が淡白になり、音楽愛好も交響楽から室内楽に移行するように、夫婦間の確執も同様の色調を帯びてくる。

昭和末期、我が父母の晩年の風景は大分違っていた。脳溢血の後遺症で半身が不自由となった母の運動不足解消のため、父は拙宅前の二百メートルほどのグリーンベルト沿いを二、三往復することを日課としていた。父が母の片腕を抱え、その歩調に合わせて歩を運ぶ二人の姿は印象的だったらしく、父より一年半ほど前に還暦を待たずに急逝した母の葬儀の折に、複数のご近所の方から〝夫婦の鑑〟のような言葉をいただいた。

「私はあんなことは出来ないヨ」と言えば、妻は「そんなことは分かっている」と空気のような表情で言う。夫婦関係は相続されないのである。

父は親鸞、私は道元

父は農家の四男で高等小学校しか出ていないが、学びの好きな人だった。職場を共にした方の父上が東洋大学出身の哲学者で、市井の会社員、商店主、教師などを集めた私塾に出入りしていたらしいが、その一環で我が家にも毎月二回ほど来宅されるようになった。毎回十五分ほど、私向けの時間が設定され、世界偉人伝のようなものの解読があり、その後、口述筆記による宗教哲学が講じられていた。無論、私には内容不明であったが、睡魔と闘いながらも、一時間余にわたる淀みない口述にはただただ驚嘆していたことを鮮明に記憶している。父は速記したものを後日、別冊ノートに清書しながら熟読していた。その一部は長年我が書棚の片隅に積まれていたが、多くは親鸞の思想解題であった。学生の頃、『教行信証』やその解説書、『歎異抄』など拾い読みした。悪人正機説、「愚禿《ぐとく》」の語に凝集される人間本性に寄り添う生き方には強く共感できたが、どちらかと言えば個の存在追求から、社会運動的要因へのシフトがあり、我が最大の関心事との隔たりを感じていた。こうした論議を父に問い掛ける程、我が心情は大人に成り切れていなかった。父の方も親子間で乾いた議論に徹しきる前に〝照れ〟が先行してしまったかもしれない。今にして想えばちょっと残念ではある。

社会人になってからは、我が興味は道元に移った。時にやってくる死の恐怖から抜け出したいと思ったからである。『正法眼蔵』の劈頭、「現成公案」にその答えがあるらしいと思い、訳書、解説書を片端から乱読したが、我が理解力の範疇で腑に落ちたものは少なかった。「華は愛惜に散り、草は棄嫌に生ふるのみなり」をどう読むか。「華は唯々散る。草は唯々生える。人は唯々それを愛おしく惜しく思い、あるいは疎ましく思うだけである」と言っている。華、草、人はそれぞれのその時々の在り様をそのまま生き切る――「今、此処」を生き切ることが、有らぬ思念を呼び込まない、――「無自性」に徹しられる、との謂であろう。

自我を忘れ煩悩を離れるべく日常の諸事に浸りきる二十四時間、三百六十五日が重ねられれば良い。勿論、これが難事であるが、少なくとも揺るぎなき目指すべきゴールが明確になれば、刻々の精励は死の怖れを想外に置いてくれるかもしれない。座禅もそのための修行だろう。

日常への邁進は現状肯定、進歩阻害の懸念を生む。その懸念も道元の次なる言辞で払拭されるように思う。曰く「うを水をゆくに、ゆけども水のきはなく、鳥そらをとぶに、とぶといへどもそらのきはなし。しかあれども、うをとり、いまだむかしよりみずそらをはなれず。只用大のとき使大なり。要小のとき使小なり」と。また、「人もし仏道を修証するに、得一法、通一法なり、遇一行、修一行なり」とも言う。

宗教の本質は、「個」の生き方を問うものである。その生き方が他者により阻害される時、社会への働きかけが付随する。阻害現象は絶えることは無いので、両者の追求は常に併行し、親鸞も道元も併行実践しているが、より本源的な「個」の在り方により深く迫ろうとする道元に専心したいと想っている。我が人生の第四コーナーを回り込んだ今、父とこの論議をしてみたいと想うが、叶わぬ夢想である。

「坐花酔月」

私の経営トップ就任を機に小学校の級友がお祝いの会を開いてくれた。その折に卒業時のクラス担任の本木先生が色紙に揮毫してくださった。坐花酔月――輝かしい花の坐で、万物を公平に照らす月の心で職務に専念せよ、との謂である。美しい四文字ながら、その意味するところは凜として容易ならざるものである。花の坐からは絶えず人の心に染み入る匂い立つものが発せられねばならない。しかもそれは月光のように遍く、公平に照らさねばならない。公平なる充足感が組織内に行きわたる時、その組織は最も円滑に機能するだろう。

本木先生ご揮毫の色紙

「青岳」の号を持つ先生の色紙を我がアトリエの一郭に掲げ、折に触れ玩味していたが、どこまで体現できたか覚束ない限りである。

ここ十年来、本木先生はじめ馬橋小学校の学級担任の先生方が、我が油彩画グループ展会期中の一夕、ご来観の後、懇談の場を持たせていただいている。新設校の苦労話、卒業生の動向、最近の学校教育談義など話題は広汎に亘るが、昭和の初等教育を支えてこられた先生方の熱意、責任感、誇り高き職業倫理など頭の下がる想いで伺う。「花の坐」は離れたが高潔な先生方に倣って昭和の矜持の一端を次世代に繋ぐことへの想いを新たにする一夕である。

間部学と野見山暁治

油彩画をよく観に行く。具象画が我が好みで抽象画はほとんど観ないが、例外がふたつある。間部学と野見山暁治である。

サンパウロに業務出張した折に、我が趣味を知る現地出向者が間部学の奥様が住まわれている日本庭園のあるお宅に案内してくれた。住まいといってもどの部屋も画伯の遺作が壁面を埋めており、個人美術館の様相を呈していた。

生物のようなモノ、幾何学形、アメーバ状、棒状――あらゆる形象が走り、跳躍し、飛翔し、仰臥している。ダイナミズムの中で名状し難い均衡が生まれている。多くの画面が補色に彩られている。形象と色彩の饗宴が何とも快い。一階から二階へ移り、階下の居間に戻るのに一時間以上かかった。長居を詫びたが、〝熱の籠もった鑑賞〟と帰りがけに分厚い大判の画集まで頂いてしまった。これほど抽象画に引き込まれたのは初めてのことであった。

間部学が人間の外部を抽象化・提示して見せてくれているとすれば、野見山暁治は人間の内面を抉り出しているように思う。自然がテーマになっていても同様なイメージが定着されている。色彩がモノトーンに近いからだろうか。しかし、その表出は不快なものではなく、何か懐かしいものに出会えた印象が生まれる。その感覚が我が内奥に反響してくる。

北里晋著『眼の人　野見山暁治が語る』によれば、野見山暁治はレンブラント、モンドリアン、ミロ、ゴヤのテーマ・画風がそれぞれの母国の自然のイメージに繋がることに納得しながら、日本の風土に根差した絵画創作をめざしているという（注15）。これを鑑賞する側にも当てはめれば、生まれて以来日本の風土に暮らす我が心魂は、野見山の抽象化作業から生み出されるものに、より親密感を観取するということだろうか。

地下トンネルを観ないで帰るつもりか

一九九六年十二月、ペルーの日本大使公館がテロリストに占拠され、天皇誕生日を祝うレセプションの参加者が人質となってしまった。青木大使やペルー海軍中将などと共に当社の現地法人社長もその中に含まれていた。直後に社内に対策本部を立ち上げ情報収集や可能な限りの対策を講じたが、膠着《こうちゃく》状態のまま越年した。事件が長引き国際的な批判も高まる中、フジモリ大統領は大使館地下まで秘密裏に掘削していたトンネルからの特殊部隊による作戦を敢行し、残っていた人質全員の無事救出に成功した。四月二十二日午後であった。

十年後、私が現地法人を訪れた折、現地入りしていた当時の現地法人社長が、救出作戦の訓練を重ねた施設が記念館になっており、その館長は人質となっていた海軍中将の方なので、是非案内したいと言う。玄関に着く間もなく件のお二人は往時を偲ぶ抱擁をしていた。

迫真のご説明は熱を帯びていた。外壁から建物の距離、部屋の配置、壁、床、天井などの材質スペックなど、全て日本大使公館と寸分違わない造作である。

トンネル掘削には鉱山資源開発で培った技術が使われている。どのくらいの火薬を階下で爆破した時に階上の床にどれだけのダメージが与えられるか、繰り返し実験されたと言う。トンネルの入口を見終わったところで、次の約束の時刻が迫っていた。お暇を告げようとすると、中将殿は中まで潜り抜けないでは赦さない風情である。お詫びの電話を入れつつ、十年前の緊張感の詰まった〝坑道体験〟に身を縮めた。

それからさらに十年、元大統領の長女ケイコ・フジモリ氏は僅差で大統領選に敗れた。日本生まれのカップ麺はペルーの方々に愛用され、当社現地工場では新ラインによる増産体制を敷いたところである。

〝あなたの心臓は豆腐状態〟

思い返せば前兆がいくつかあった。早朝のウォーキングの途次、何でもない上り坂を終えるころ、多少いつもより胸苦しさが残った。川沿いでスピードを上げた後、僅かな胸痛を感じたが、数分休憩すると痛みは消えてしまったので、そのまま気にも留めなかった。

しかし、その朝は違った。歩き始めて十分ほどで胸痛が始まり、どんどん痛みが増していく。側道に腰を下ろしても痛みは和らがない。しかも今まで経験したことが無いような暗澹たる気分に落ち込む。すぐに自宅に戻ったがその間に痛みは消えてしまった。朝食をとりはじめると、再び痛みが始まり今度の胸痛は急激に増幅する。

掛かり付けの先生に電話連絡するとすぐに事態を察知し、二時間後にはカテーテル手術による冠動脈へのステント挿入が終わっていた。開胸手術ではないので、肉体的ダメージが自覚できなかった私は、一週間後の株主総会の議長役を務めるつもりでいたが、看護師さんから「あなたの心臓は、今、豆腐のような状態」と、願望は一蹴されてしまった。突然の代役の副社長には、大変な負担をお掛けしてしまった。


退院後の定期検診の折に、心筋梗塞を起こす半年前に受けた人間ドックが話題となり、産業医の先生も大学病院の先生も異口同音に、心電図に前兆が出ていないはずがないと言われる。心電図を見ていただくと即座に前兆部分を指摘してくれた。人間ドックの結果説明では何の指摘も無かった。

最新の設備で検査が行われていても、判定者のレベルが低ければ見過ごされてしまうのである。医療分野に限らずハード技術、ソフト技術、そしてそれを担う人材力の開発・強化が連動することが肝要である。

臨死体験

カテーテル手術は部分麻酔で行われたので、手術中も担当医師と会話のやり取りがあった。

したがって意識は鮮明かつ正常であったと文字通り愚考していたが、実は半覚醒のような状態であったらしい。手術室が光を帯びた木製の柱で囲まれており、また、術後に戻った病室が迫る壁に囲われた狭小な空間であったのも、実像には程遠い幻像であった。手術室で見た〝夢〟らしきものも、半覚醒状態での幻覚症状であったらしい。

日常、私は車の運転は全くしないが、〝その時〟私は運転席でハンドルを握っており、交差点に差し掛かりつつあった。青信号であれば、通過すれば何事も無いが、赤信号になってしまえば手前の河を渡って彼岸に至ることが分かっていた。

後日、病室で〝その時〟を振り返ってみると、あれは一種の臨死体験だったのではないかと思った。立花隆は専門家との対談の中で、臨死体験から生還した人の体験の中で、「光」や「川、湖などの水」のイメージが頻度高く顕現していることや、トンネル現象などに触れている（注16）。又、臨死体験をした人の多くが、死に対する恐怖感が減殺される傾向であるという。

私の場合にも「水」は現れた。三途の川だろうか。「光る狭小な手術室や病室」は「トンネル現象」の変形だったのだろうか。

〝その時〟以来、死の恐怖は確かに和らいだ感覚がある。彼岸のイメージ化が此岸との連続性を観取させるのだろうか。此岸から彼岸へは格別の苦悩も無くスンナリ渡れそうな気がする。

ノルマンディと琴平

作品を額縁に収めて展覧会で見せるという絵の在り方を潔しとしない画家・田窪恭治が、フランスのノルマンディで廃屋となっていた礼拝堂を再興し、その内壁に林檎の木を描いた。

当初、抽象画を考えていたらしいが、最終的には周囲に自生している林檎の木の四季の変化がテーマ化された。表現法が極めてユニークである。内壁に多色の色面を塗り重ね、その表層に白壁を塗った上で、彫刻刀で削り込んでいく。深く彫れば最下層の色が現れ、浅く削れば表層に近い色が現れる。描くというよりは削り出していくのである。祭壇以外の三壁面に林檎の木々に葉が茂り、花が咲き、実る姿が描出されている。幼児を抱えてノルマンディの片田舎に移住した家族に共感した地元の職人や日本の支援者の協力を得て、廃屋だった礼拝堂が蘇ったのである（注17）。私が訪れた時にはすでに行政の管理下に置かれ、オフシーズンのため閉鎖されていたが、役場の係の方が見学対応してくださった。四季の移ろう林檎の木々に囲まれ、画家の意図を地元職人が形にした透明な瓦を通した柔らかな光が舞う空間は、都会の大聖堂にはない温かな空気に満たされていた。振り返ると開け放たれた入口の真ん中に玄関前の大樹の幹が、外周りの自然林を背景に根を下ろしていた。一幅の〝額装された樹幹〟になっていた。

数年後、こんぴら歌舞伎を観に行った折に、円山応挙の襖絵などがある新書院を覗《のぞ》いた。一番奥の座敷の書院から襖に描き掛けの椿の絵があり、傍らに〝見張り役〟のオバアサンが椅子に掛けていた。その襖絵を観ながら隣の妻に「この椿は田窪恭治の林檎の絵に似ているネ」と囁くと、これを聴き付けたオバアサンが「あなた、これは田窪恭治さんですよ。あんたノルマンディのも観たの」とやや嫉妬の風情で怒鳴った。きっと田窪ファンなのだろう。田窪恭治は今治の出身で、宮司さんと同級生で二人は町おこしプロジェクトの推進役なのだという。

私にはノルマンディと金毘羅が繋がる偶然に驚き、田窪さんに一筆啓上し、それ以来展覧会などでお会いしている。

こんぴら歌舞伎

日本最古の芝居小屋「金丸座」は金毘羅宮への参道横にある。天保年間に竣工した芝居小屋が昭和四十五年に国により重要文化財に指定され、昭和六十年から「四国こんぴら歌舞伎」が始まったという。なかなか入手できない切符が手に入ったとのお誘いで、二階桟敷に座った。冷暖房設備の無い小屋は二階席後部の明かり取りから流れ込む六月の湿気を含んだ外気で多少蒸し暑かった。明かり採りの開閉はきっかけに合わせてボランティアの方が行うらしい。小屋内部はこぢんまりと親密感溢れる空間で、舞台の役者の息遣いまで伝わってくる。花道では役者の動きが微風となって桟敷客の顔を撫で、口角泡を喜ぶ熱烈なファンもいるらしい。中央の回り舞台は四本の力棒を押して回すのだそうだ。それらが人の息吹に満ちた雰囲気を創り出し、モダン・シアターでは得られない江戸の温もりを伝えてくれる。最後の芝居が跳ねた後、三十年ほど前、出張の折にしばしば立ち寄った高松の小料理屋を覗いた。店構えが変わり、ご主人も代替わりしていたが、瀬戸内の魚介料理の味も、凛と張りつめた厨房の様子も以前のままだった。昔話の合間に芝居小屋の話題にもなり、江戸情緒の余韻を愉しんだ。

食文化も伝統芸能もその精髄を次世代にしっかりと伝承することにより、その真価がさらに磨かれて、人類共通の遺産となる。

外国人の訪日旅行が急増している今、外国人が江戸情緒溢れる芝居小屋を訪れ、芝居が跳ねた後、和食を愉しむ姿が現実になりつつある。日本人として誇らしく想うと同時に、それらを継承していく義務もあると思う。

〝宇都宮餃子はもっと美味しい〟

最近の株主総会は会社の将来に期待を寄せてくださる方の応援、厳しい言葉であっても経営効率をより上げるためのご提案、懸念材料に関するご質問など、前向きで真摯な論議に繋がるご発言が多い。従って、経営陣も実践内容とその背景にある考え方をご説明し、提言には真摯に耳を傾けることを旨としている。

消費財を扱う当社では、主婦株主の方から消費者の立場での貴重なご意見を頂くことが増えつつある。

ある年、宇都宮に住む株主の方から「全国的にも有名な宇都宮餃子は厚い皮が特徴で、その美味しさの源泉となっているが、御社の餃子の皮は薄い。何故か」という想定問答集には無いご質問が提起された。薄くてコシのある皮は多くの消費者の嗜好であり他社に無い当社独自技術で実現したこと、結果として大きな売り上げとマーケットシェアが実現できていること、一方で食の嗜好は人により地域により広範囲にわたるため、さらなるシェア獲得のためには多様な製品内容が必要で、ご提言は示唆に富む旨ご説明し、納得いただけたと思う。

経営方針に関わる議論だけでなく、その方針の具現化のための製品作り、広告の在り方、原材料の調達の仕方、人材の育て方、社会貢献の在り方などなど事業運営の諸要因について、株主・経営陣のコミュニケーションが広く深く行われることが、市場主義経済にとり肝要なことである。

昭和前期、組織や企業のサイズがある範囲に止まっていた頃は、組織の上下層や各部門が、市場の供給サイドと需要サイドが、有機的に連携することが可能であった。組織、社会の巨大化に合わせて隔絶しがちな両サイドを結ぶ多様な仕組みとその運用が不可欠である。株主総会もそうした機能を担う重要な場である。

曾宮一念の「洋梨」

ＮＨＫテレビの美術番組を観て犬塚勉の美術館を訪れた折に、御岳美術館にも立ち寄った。中川一政、熊谷守一、須田国太郎など印象的な作品が数々並んでいたが、曾宮一念の作品に遭遇した。晩年、失明した後、手製の桝目定規を使いながら手紙を書き続けたこと、肩幅に合わせて張り巡らせた庭の縄を頼りに速歩で運動に努めたことなど、「意志の人」であることは読んで知っていた（注18）が、実作に接するのは初めてであった。薄紫の卓上に洋梨が四つあちこちを向いて立っている。一番右側の五つ目はこちら向きに転がっている。いずれも光が当たった黄色の部分と陰らしきセピア寄りのピンクの部分から成っている。小春日和の柔らかな室内に居るような、ほんのりと温かな気分である。五つが日差しを愉しみながら語らっている。

数年後、上田市の無言館で戦没画学生・曾宮俊一の風景画を観た。曾宮一念の一人息子で、手紙を何度となく送ったが、戦地からの訃報に接して以来、俊一のことを一言も語らなかったと解説が付されていた。読みながら、家族風景のような御岳美術館の「洋梨」を想い出していた。

二〇一五年、佐野美術館で「曾宮一念と山本丘人―海山を描く、その動と静」展を観た。洋画家・曾宮一念のコーナーでは、山岳風景や海洋風景が大胆な構図で描かれ、その動的な大きさに息を呑んだ。しかし、柔らかなセピア掛かったピンクの色調が随所に生きていて、我が想いはここでもあの「洋梨」に繋がった。この色は家族、ヒト、生あるもの、自然に寄せる想いを象徴する〝曾宮カラー〟なのだと思った。

偶像崇拝

早朝ウォーキングの最長コースは花見川沿いを弁天橋まで往復する百分コースである。途中、柏井橋、花島橋を経由するが、折り返し点の弁天橋が朱色の円弧を描く最も美しい形である。架橋時は朱がやや鮮烈過ぎるきらいもあったが、今や、周囲の樹陰や川面にも馴染み、桜の季節などは絶景となる。

桜の木立ちが途切れるところに小さな鳥居があり、その奥の祠に弁財天が祀られている。鳥居の傍らには手押し井戸と手水鉢があり、その並びに石碑が建てられている。この辺りの治水工事で命を落とした東北からの出稼ぎ人を悼む碑である。

祠にはいつも生花が供えられており、周囲の方の心遣いが感じられたが、ある時、花の横に意外にも油彩画が添えられていた。なかなか豊満に描かれていて、見慣れた弁天様よりだいぶ艶っぽい像である。思わずいつもよりお賽銭を弾んでしまった。一年くらい、そのまま置かれていたように思うが、異論もあったのだろうか——いつの間にか消えていた。

偶像崇拝に違和感を持たない大半の日本人は、平均的人間像とは一線を画した神性、仏性の形象化を求めている。

　東南アジアなどで金綺羅衣装の童顔の仏像などを観ると、有り難みも薄れてしまいそうだが、神性・仏性の形象化は、そのこと自体の是非も含めて、その民族文化に堆積した精神性と深く関わっているのだろう。祠の中の油彩弁天像は、日本文化の地層の枠からはみ出していたのかもしれない。

「宙（そら）」F 30号

平清水・青龍窯

　十年ほど前山形市に行った折、市の郊外に三宅一生も評価していると いう窯元があると聞いていたので、立ち寄ってみた。四軒ほどの中に青龍窯があり、ガラス越しにガイドブックで見覚えのある淡青の平清水焼が並んでいた。韓国の青磁ほどの品格ではないが、それだけに日々の暮らしに馴染みそうな柔らかな春のスカイブルーである。寒色系なのに温もりを感じさせるのは、淡い色調と円く滑らかな形のせいだろうか。大振りの花生けや湯呑などを注文し、新緑嗤う里山を後にした。

背高の花生け二本に生けた白からセルリアン・ブルーに変わる紫陽花や、ちょこんと注ぎ口の付いた大蕪形の花器に投げ入れた紅白の薔薇などを描いた。年末にはモランディの静物画に倣い、平清水の集合体を描いたが、構図上必要となった架空の壺をひとつ描き足した。新春の年賀状として窯元にも出状したが、音沙汰は無かった。翌年以降の賀状は先方からもいただく。我が画像全体を取り上げるに値せずと考えたか、架空の壺を怪しからんと思われたか——架空の壺の方が「罪は重い」と反省している。

今秋の展覧会に平清水焼を横一列に並べて描いた。土からの造形と後背の時空を対比的に描出し、「宙（そら）」と題した。来春の年賀状にするつもりでいるが、青龍窯からの賀状が途絶えないことを祈っている。

カナディアン・ロッキー〝利き酒セット〟

夏季休暇を利用して、私は妻とともにカナディアン・ロッキーのコロンビア大氷原や湖水群、ジャスパー周辺のマリーン渓谷など北米大陸ならではの景観を満喫した。ジャスパーまではバンクーバーからロッキーマウンテニア号での一泊二日の列車の旅である。乗り合わせたのはほとんどがご夫婦二人づれで、特にリタイア後の記念旅行を楽しむ風情の欧米人が多かった。初日の昼食時のダイニング・カーで隣り合わせたペアはオーストラリアの方だった。訪日経験もあるとのことで、紙ナプキンに画いた日本地図を真ん中に滞日中の話題で盛り上がった。二十年近く前の我がインディアン・パシフィック乗車経験の話題も相互の理解を深めることができ、その後の食事時も席を共にした。

途中、カムループスで一泊するのだが、夕食は各自で自由に摂るというプログラムだった。妻共々、街中を散策がてら、食事処を物色していると、日本食レストランに出くわした。興味津々で入り口から覗くと――「いらっしゃいっ」。

一隅のオブジェ、テーブルと椅子など白木の手作り家具が飾らぬ自然感覚で気持ち良い。日本人ご夫婦の経営で、手書き風メニューには家庭料理風の和食メニューがズラリと並んでいる。枝豆、冷奴、天麩羅、煮魚、餃子など注文しながら、日本に居るような気分になり、飲み物リストを漁っていると、チャキチャキとした奥さん曰く――「三種・利き酒セットもあるヨ」「生ビールの後、それにしよう」。

程なく底に青いグルグル・マークがデザインされた例の利き酒用の酒杯三個が、白木のトレーに載ってきた。どれもこの地で日本人が経営する酒造メーカーのものだという。

店の造作は、当地で木造建築普及を推進している日本人の手になるものらしい。

こうした店舗作りが功を奏して、バブル期には日本人旅行客が多く来店したらしいが、「最近はサッパリ。この地の人が頼り」らしい。

それから五年、ミラノ万博、訪日外国人観光客急増を経て、日本酒文化は世界の人に愛され始めている。

先進地域の経済成長が鈍化し、発展途上国の拡大もひと頃ほどではなくなった昨今、成長余地の大きい観光分野が注目を集めている。そうした経済効果のみならず、異文化交流によるフェイス・トゥ・フェイス関係の積み重ね、〝暮らしが見える〟文化交流の拡大は、国境を隔てた国際関係の軋轢を草の根レベルから軽減する可能性を含んでいる。

文化交流に酒杯交換が加われば、左党としては尚、嬉しい。

多額納税者・愛煙家への〝思いやり〟

東京駅丸の内側の向かいのビル五階に我が行き付けの蕎麦屋がある。コシのある十割蕎麦と季節の食材を生かした酒肴が我が味覚に合うのでよく暖簾を潜る。

ある時、同世代の会社仲間二人と待ち合わせた。二人は初めてらしく早めに到着しており、私が着いた時には不機嫌そうな顔つきで、着席するなり待機中の経緯をぽんぽんと報告してきた。ヘビースモーカーの一人が〝店内禁煙〟の表示を見ながら喫煙所を尋ねると、全館禁煙なので喫煙所は無いとの答えだった。〝開宴前〟に一服したい彼は「それでは外で吸ってくる」と言うと、店員さんが透かさず「千代田区は全域、禁煙です」――ヘビースモーカー氏曰く「では、どこで吸えばよいのか」――「東京駅構内に喫煙コーナーがあります」

報告を終えた二人の顔には〝知らない仲でもないのに、こんな所を設定した上、あとから来るとは何事か〟と書いてある。

その日は我が支払いの番であった。間髪を入れず大吟醸の枡酒と胡麻豆腐、汲み湯葉、出汁巻き卵、焼き味噌などいつもの酒肴を出してもらい、〝酒宴に駆け込んで〟お怒りを収めてもらった。

我が事務所の十四階建ての中に喫煙コーナーは三カ所ほどに限られている。新幹線や列車でも喫煙車輛はどんどん減殺されている。我が家の婿殿は子供達が小さい頃、壁際の換気扇の下でこそこそと慌ただしく吸っていた。愛煙家はニコチン成分が齎す生理的快感だけではなく、神経、心理系への〝やすらぎ〟効果も期待しているのではないか。

三百六十五日、飲酒を欠かさない我が身を顧みるに、愛煙家の最近の窮状は同情に堪えない。健康問題と医療費問題を考えれば、減煙・禁煙促進を図ることは社会全体として当然である。それを超えて喫煙習慣を選択する愛煙者には他者に悪影響を及ぼさない愛煙環境を準備してもよいのではないだろうか。

東京駅構内の煙のたち込めた檻のような閉鎖空間はあまりにも非人間的な印象を受ける。換気機構、最低限の待合室環境を備えた愛煙室であってもよいのではないか。安定的な税収源を確保できている国としてはその程度の配慮があってもよいのではないか。愛煙室の設置・運営コストはタバコの販売単価に反映させればよい。

民族衣装の土産

海外出張時の家族への土産として民族衣装を購入したのは、台湾帰りの際の子供用チャイナ・ドレスであった。三歳の孫娘にはピッタリの真紅であった。我が娘も同感だったらしく、同級生の結婚披露宴に母娘で参加する折、孫は件のチャイナ服を着て参加した。その姿は衆目を集めることになり、主役の一族にも申し訳ないほどだったと、娘は〝親ばか〟感想を漏らしていた。〝爺ばか〟としても悪い気はしなかったので、その後、ベトナムに行った折に、アオザイを母娘に持って帰った。試着した時は満更でもなさそうであったが、どこへ着て行くにも馴染みにくい感覚があったのだろう、実用に供されることはなかった。〝二匹目のドジョウ〟はいなかったのである。

昭和五十年代初頭、提携先の米国人技術者が我々との仕事を終えた後、友人に日本土産を買いたいと言う。前回も同趣旨でガールフレンドに浴衣を買い、大変好評だったので、今回も浴衣にすると言う。前回も同道して感触は分かっていたので、彼が選択したものは〝やや大き過ぎる〟とアドバイスすると、彼は片目を瞑って〝ANOTHER GIRLFRIEND〟

――民族衣装のお土産選びは、なかなかに難物なのである。

アッシジ・ファッツィーニ美術館

ローマで仕事を終えた後、妻とペルージア、サンジミアーノ、シエナなどを経由してフィレンツェへ行った折、途中、アッシジに立ち寄った。やはり仕事関係でペルージアのワイナリー訪問の帰途訪れて以来、十年ぶりである。その間、大地震によるサンフランチェスコ教会の壁の崩落があり、こちらも須賀敦子を読んで多少の予備知識も得られていた。定番の聖堂や修道院を拝礼したあと、ガイドブックのカット写真で気になっていたファッツィーニ美術館を訪ねた。
雑踏から外れて佇む個人美術館で、展示室は二階にあったが他に来観客は無く、木像、ブロンズ像などが壁際に並ぶ三室の空間に響くのは我ら二人の靴音だけという密度の高い贅沢な時間を過ごした。

頭像は別として、半身像は大きく二群あった。一群は、身体を不安定な形で丸め、頭部、腕、胴体、脚が重層的に塊を成している静止像であり、もう一群は、重力から解き放たれようと跳躍へ移行する、あるいは飛翔へと伸びやかに四肢が舞う立像である。「砂浜の少年」「思索する少年」「座る女」「鏡像を見る女」などが前者であり、「踊り子」「少年と鴎」「ロープを持つ女」は後者である。中でも我が胸奥に迫りくるのは「脚を見る女」「ロープを持つ女」である。
頭像、胸像はいずれを観ても形体の裡に潜んでいる個性・精神が描出されていて見飽きない。帰り掛けに階下のショップのご主人が、近々、日本でファッツィーニ展が開かれる予定だと言っていたが、未だに実現していないようだ。

丘の上で観光バスから押し寄せる人の波に洗われながら聖堂内のフレスコ画像を見上げ

ている時よりも、静謐感溢れる美術館内に佇む立像群に向き合っているほうが、被造物同士の共振が我が内奥に強く響き、聖地・アッシジの余韻となって残った。脇道に逸れるのも悪くない。その方が土地の暮らしの表情や、須賀敦子の世界が垣間見えたりする。

〝電子レンジ・コロッケ〟

昨今の冷凍食品の品質向上は驚異的である。一流レストランのようなビーフシチュー、手作りのように肉粒感あるハンバーグや薄くてコシのある皮の餃子などなど、「安かろう不味かろう」などと言われた揺籃期とは文字通り隔世の感がある。かつて製品開発に携わっていた者として嬉しい限りである。最近、朝、凍ったままの冷凍食品をそのまま弁当に詰めると、昼時にはちょうど食べごろになっている製品が出回り、消費者の評価が高いらしい。制菌と美味しさを両立させる技術が確立されたのだろう。工場で油で揚げて凍らせたフライ製品は電子レンジで加熱すれば油を扱う煩わしさ無しで揚げたての味が楽しめる。パン粉や水分移行抑制技術が開発されたのだろう。ポテトの品種改良も加熱条件も極められたのだろう。確かに、電子レンジ解凍とは思えぬ中身のホッコリ感と衣の食感ではある。

だがしかし、油で揚げたての衣の食感には及ばない。

三つ子の魂百まで――我が脳裏には子供の頃、高円寺の肉屋のコロッケで経験した〝サックリ衣〟が刻まれている。冷凍コロッケに限らず、最寄りのスーパーマーケットや小売店の惣菜売り場のコロッケには、あのパン粉のエッジが口内を刺激しつつも我が歯列の間で脆くも崩れて、ポテトと一体になる――あの感じは得られない。〝オフクロの味〟と同じような〝刷り込み現象〟と〝懐旧心理〟の成せる業なのだろうか。〝コロッケ党〟の高橋英樹や東理夫に訊いてみたい。

白と黒

新潟新幹線の浦佐から車で二十分ほど走ると、八海山の麓に高田市出身の洋画家・富岡惣一郎の個人美術館がある。富岡が生涯のテーマとした白い大自然の大作が壁面を埋めている。雪原に枯れ木の林が連なっている、十重二十重に重なる雪嶺の挟間を漂う白雲の群れ、雪山の大斜面を埋め尽くす白い樹影などなど、自然界の動態と静謐が二つながら「白の世界」を創っている。

私が最も好きな作品は、ヘリコプターで上空から見た信濃川のシリーズである。白い雪原に横たわる大蛇のように黒い大河がうねり、S字を描き画面を抜けていく。乾燥によるひび割れを防ぐための技術開発に多年を要したらしい。作品によりホワイトが微妙なニュアンス、色調を帯びて見える。山間に舞う雲は青みがかっている。枯れ木の樹間の雪はセピアを帯びている。

三度訪れたが来館者はいつも我々夫婦だけで、変幻自在の〝ホワイト・ワールド〟を独占する贅沢な時間を過ごした。帰途、近くの蕎麦屋で味わった「八海山」は我が愛する銘酒のひとつになった。

山口県三隅町に香月泰男美術館がある。展示室を繋ぐスペースには動物や遊びをテーマにした針金細工が並べられ、画家の家庭・家族への心情が形象化された母子像のシリーズを彷彿とさせる（注19）。この家族愛は一片の召集令状により望郷の念に変えられてしまう。応召時に「俺の武器だ」と言って絵具箱を携えて入隊し、シベリア抑留まで持ち歩いたという剛直な精神が、帰還後に生み出したのがいわゆる「シベリア・シリーズ」である。抑留地へ向かう搬送貨車の車窓に並ぶ虜囚の表情を描いた「北へ西へ」、「アムール」、死と隣り合わせの収容所を表出する「埋葬」「涅槃」など絶望の暗黒世界である。この記憶を定着させるために画家はチューブから絞られる艶のある黒に木炭の微細な粉末を混ぜ、人の深部に染み入る黒を創り出したという（注20）。

ブラック&ホワイトは素人にとって、殊の外難物である。安易に使うと、ブラックは〝暴力男〟のように他色を殺し、ホワイトは〝跳ね返り娘〟の如くやたら自己主張をする。それを避けるために素人なりの算段をかさねる。我が常法は——ローズマダーとビリジャン、セピアとプルシアンブルーなど補色の混合によりブラックに近い色を得る。混合割合により赤み掛かった黒、青み掛かった黒などニュアンスが出せる。ホワイトは周辺の有彩色を若干加えてホワイトの角を取る。専門家に訊いたことは無いが、〝暴力〟や〝跳ね返り〟は避けられるような気がする。何となく日本語の曖昧性や日本文化の柔らかさに通底しているように思う。

昭和前半まで日本社会は、この〝柔らかな曖昧性〟が人々の絆にも緩衝剤にもなっていた。戦後、欧米流の合理精神を学ぶ中で、この〝曖昧性〟は大分減殺され、同時に〝柔らかさ〟も巷間、影を薄くした。

両者が程よく保持され、それぞれの機能を果たす社会が望ましいと思う。

湖水地方を歩く

ゴールデン・ウィークを利用して英国・湖水地方に出掛けた。ウィンダミア湖畔の滞在ホテル近くのスーパーマーケットでハイカー向けのガイドブックを買い込み、地図と首っ引きでホテルマンから親切な解説をいただいた。翌日から出発点までバスかタクシーで行き、コースを辿ることにした。初日はグラスメア湖からライダール洞窟を経て、ロセイ川沿いにアンブルサイド公園まで湖水と山々の眺望が素晴らしい行程だった。

ボネス・オンからオレスヘッドを経てオレスに至るまでウィンデメア湖の眺望を愉しむコース、コニストン湖周遊、ケズウィックからダーウェント湖を歩くコースなど、連日湖水地方のベストシーズンを満喫し、その生活環境を羨んだ。ハイキングの途次、石垣の切れ目が分からず右往左往し、放牧地を区切る門扉に寄ってくる羊の群れに紛れてしまい、我々の行動が牧羊農家の方に与えてしまっている懸念に想いを馳せる常識を持ち合わせていなかったことを、今にして恥じている。

二〇一七年、ジェイムス・リーバンクスの『羊飼いの暮らし　イギリス湖水地方の四季』（注21）に接した。湖水地方の景観の美しさは数世紀にわたって代々積み重ねられた牧畜農家の自然との苦闘の結果であること、それらは観光資源として彼らに経済効果を齎しているが、同時に掛け替えのない生活基盤を脅かしていること——節度ある観光の在り方が今、問われていることを思い知らされた。

花の下にて春、歩かん

この十年来、春夏は出勤前に自宅周辺の川沿い、秋冬には皇居の周囲の一時間ウォーキングを日課としていた。四月初旬、皇居の桜が終わる頃開花を迎える自宅周辺コースに移行すると、三週間たっぷり桜を満喫することになる。

皇居周辺にはかなり多種類の桜が植えられている。真っ先に色付くのは近代美術館の向かい、竹橋横の四、五本の寒緋桜である。長い葉柄の先にぶら下がった蕾が緋色に色付くと小鳥達が蜜を求めて集まるらしく、樹下には千切れた花が点在している。次いで乾門手前のポリスボックス前の一本の寒桜が早い。乾門向かいの見事な枝垂れや国立劇場の数本が開花する頃には英国大使館庭も春爛漫となり、大使館向かいの公園には早朝から新入社員らしき男性がブルーシートの上で夕方の開宴に備えている。皇居周囲の花のピークが過ぎる頃、我がコースは自宅付近の花見川沿いに移る。取っ掛かりの小山に咲くのを勝手に「西行桜」と名付けている。小山の上には付近の方々が繰り返し訪れた「出羽三山」講の記念碑が十基ほど墓碑のように林立し、桜の大樹がそれらを守るように枝を伸ばし、裾に菜の花畑を従えた見事な春景色となる。

川沿いの桜並木の中ごろ——湾曲して上下流を見渡せるところに手作りの長椅子が置いてあり、背後には時折農家の野菜即売コーナーが開かれる。向こう岸には花島観音を見上

「花見川・春」Ｆ20号

げて二十本ほどの桜美林がフラミンゴの飛翔のように連なる。

ウォーキングコースの後半――中央公園には数本の八重桜の中に一本の御衣黄が黄色く咲き初め、すぐにピンク色となって周囲に溶け込む。この桜の名称が話題になった時、下戸の方が真っ先に「キザクラ」と言い出し大笑いとなった。

ある年のゴールデン・ウィークの訪欧の途次、アムステルダムのホテルオークラの庭で予想外の満開の桜に出会い、卯月・日本の春爛漫の余韻を満喫した。

年に一度、清少納言や西行の末

齎である喜びを末永く味わいたいものである。

六十五年前、日本も同じだった

毎年、民間外交の一翼を担う公益法人のミッションで、アセアン諸国を訪問する。数年前、カンボジアに行った折の週末、ユネスコ世界遺産のアンコール・ワットに立ち寄った。

歴史学者が、二万五千人工でも三十年を要しただろうという広大な回廊で繋がる大寺院も、カンボジア人を模したという品格ある微笑を浮かべる大仏頭も、保存の手が間に合わずに大木が根付いて石塊と一体になってしまった異様なゲートも、忘れられない景観であったが、遺跡への参道で見かけた人々も我が脳髄から離れ難いものだった。参道を歩き始めると間もなく数人の子供達が纏わり着いてきた。我々を日本人と観ると、数枚の絵ハガキを翳しながら日本語で〝サンマイデ　ヒャクエン〟。ガイドさんがすかさず我々に声を掛ける。〝買ってはダメ。後続の子供達が押し寄せてきて身動きできなくなるから〟見上げる円らな瞳に後ろ髪を引かれる想いで、足を早める。暫く行くと路傍にたむろする男たちが、我々を見ながら合奏を始める。座っている男の膝には投げ銭入れが置かれている。ガイドさん曰く〝地雷の犠牲者達です。偽者もいますが……〟

昭和二十年代、日本にも同じ街頭風景があった。親を失った子供達や貧しい子供達が、進駐してきた米軍兵士にチョコレートを強請《ねだ》っていた。駅頭や寺社の門前には傷痍軍人が白衣にアコーディオンを持って「異国の丘」などを奏でていた。

七十年後の現在、「日本はどこの国と戦争したの」と問う若者が、スマートフォン片手に、シリアから欧州に押し寄せる難民報道の画面に見入っていたりする。選挙権が十八歳にまで拡大された。歴史をしっかりと教え、考え行動する次世代を育てるのは、大人たちの責務である。

「代用食」今昔

鰻の稚魚が不足し、土用の丑の日の蒲焼き需要に応えられなくなって久しい。温暖化の影響らしい。業界ではいろいろ対策を試みているが、抜本的な良策は見出せていない。水産大が養殖ナマズを鰻に替えるべく研究開発を重ね、市販したところ、なかなか好評なのだと言う。こうした原料代替は従来、コストあるいは資源不足対応として行われた。バターからマーガリンへ、畜肉ソーセージから魚肉ソーセージへ、カニ肉からカニ蒲への代用などはその例であろう。最近では健康志向が強まり、砂糖から甘味料、食塩からミネラル塩、白米から胚芽米や玄米などへのシフト傾向がみられる。

昭和二十年代前半には「代用食」という言葉が常用されたが、今や死語となり若年層には通じないだろう。終戦後の食糧不足の中で主食の米も例外ではなく、「代用食」で補ったのである。「すいとん」は醤油味の汁に練った小麦粉を匙などで掬い落とし、大根葉の微塵などを浮かせたものである。「蕎麦掻き」は蕎麦粉を椀の中で熱湯を掛けて練り、生醤油を掛けて食す簡単メニューであった。蒸かしたサツマイモも代用食になった。

二十一世紀の今、我々が抱える食の課題は「代用食」では解決不能である。七十億人を抱える地球は、飽食の末に栄養過多による疾病に悩む人を抱え、一方で貧困ゆえの飢餓や栄養不足から健康不良に陥る人もいる。予想されている更なる人口増を視野に入れれば、人類は食資源の確保と格差解消に向けての食糧配分の新たな社会システムを構築する必要がある。

ショーン・キャロルによれば、自然界の生態系には「調節」の仕組みが働いて全体バランスが取れており、何らかの理由でその均衡が崩れると、その周辺の生物種に存亡の危機も含む深刻な影響を及ぼすという（注22）。

地球生態系の頂点に立ち、自然界のルールを超える影響力を持ってしまった我々人類は、それらのことを認識できるほどの能力を以って、生態系の維持を視野に入れつつ、食資源確保と食分配のシステム化に注力すべきであろう。

壁面争奪戦

二十年ほど前の自宅改築の折に空いている壁面のどこにでも額装絵画を掛けられるよう、壁面の最上部に額縁吊り下げ用のピクチャー・レールを取り付けた。発表の場に恵まれない我が駄作を〝物置入り〟にしないための苦肉の策である。居間壁面に七枚、玄関に二枚、洗面所、トイレに各一枚と当初は全スペースを我が油彩画で独占していた。妻が水彩画を始めると飾りたいと言い出し、洗面所のスペースを明け渡した。一時期、小学生の孫の一人が創作に

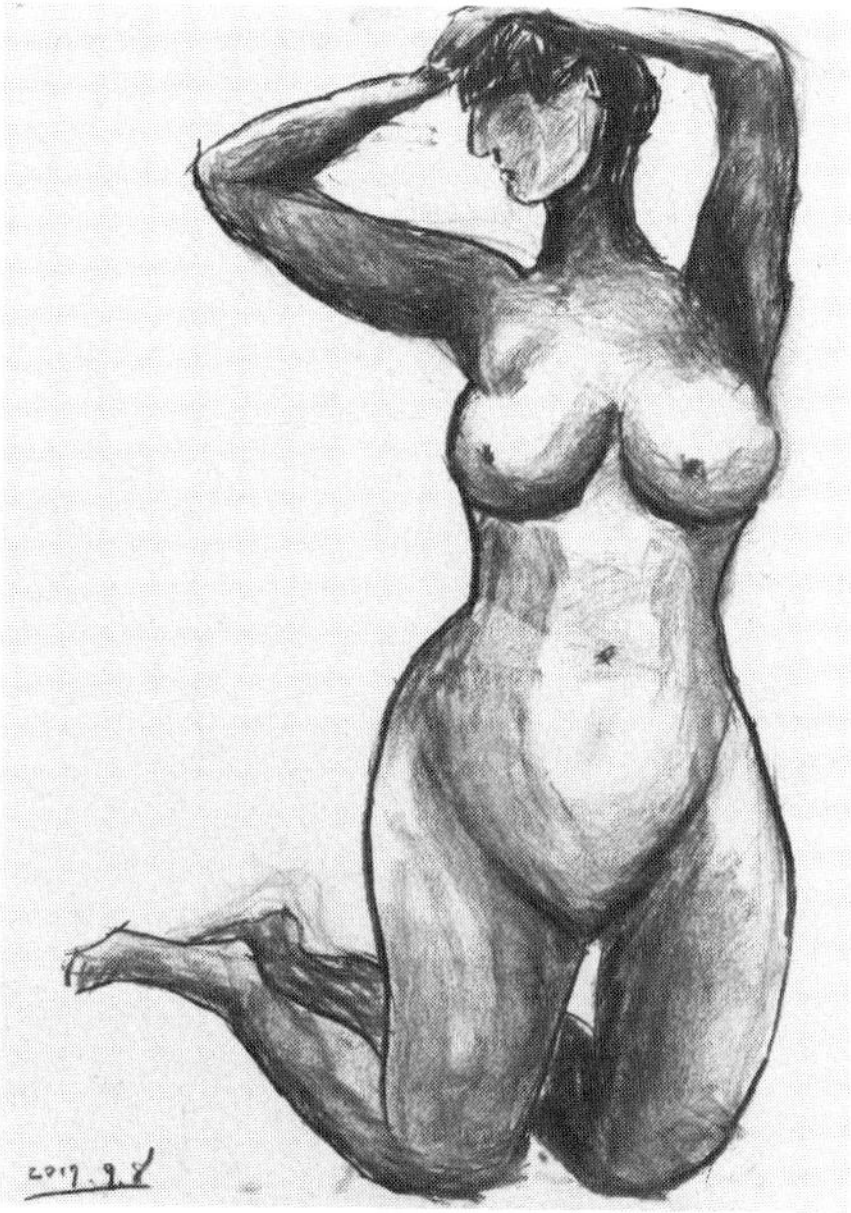

「習作」

興味ありげな様子だったので、同好の士を得るべく道具一式を与え、〝マチス風〟の出来栄えのものを玄関のメインスペースに掛けた。その効果は得られず間もなく彼女は〝同好の士〟であることを止めてしまったが、家族に好評なその静物画はそのまま同壁面に置かれ、私は大事な家中一の壁面を失った。スペース確保のため今や、居間の最大の壁面には二段掛けの六枚が賑々しく陣取っている。

年に二、三回、同友クラブの会議室に洋画会のPRも兼ねて、会員が一点ずつ持ち寄って展示会を開く。前週のヌードデッサンがマアマアの出来だったので簡易額装をしたものを出展し、会期明けに戻ってきた。家内のスペースが無いこともあるが、妻は家族や来客の目に触れないところに掛けるべきと宣う。行き場を失った我が素描は、狭小なアトリエ・スペースの鴨居の上に据え置かれ、週末には悩ましき裸体に見下ろされながら創作に励んでいる。

〝MY OLD FRIEND〟

ミャンマーが軍事政権から民政移管された時、テイン・セイン氏が大統領になった。当初、国際社会は同氏が軍のナンバー4であったことから、形だけの民政に終わるだろうと踏んでいたが、事実は違った。テイン・セイン氏は国政の民主化と経済の開放化のための具体策を矢継ぎ早に打ち出し、日本経済界も認識を改めアセアン市場主義経済の最後に残された巨大フロンティアの出現に期待が膨らんだ。

民間外交を担う組織の一員として新大統領にお会いする機会を得た。大統領から新政府の基本政策、日本への期待などにつき丁寧なご説明の後、質疑応答にも踏み込んだ回答があった。その一環で団員に航空会社メンバーの参加を事前に把握されている大統領自身から、両国間の直行便のテーマに触れられた。表敬訪問の中での具体論に驚いたが、機が熟していたこともあろうが、それから間もなく直行便が再開された。

以降、二年ほどの間に三回お会いする機会を得たが、訪日の際、早朝の滞在ホテルで連なる面談の中でお会いした折には、〝My old friend〟と握手してくださった。

二〇一七年、アウン・サン・スーチー氏率いる国民民主連盟への政権移管後初めて、日本メディアのインタビューの中で「民主化移行には経済の土台が必要だった」と明かしており、あの折に大統領ご自身があそこまで具体論に踏み込まれた心の内を検《あらた》めて再認識し、変革期の一国の指導者の在り方に想いを致した。

中国で日本住血吸虫による疾病の悩みを抱えていた頃、周恩来が日本住血吸虫の中間宿主をミヤイリ貝と特定した日本人科学者との会見の中で、寄生虫学者でもなければ出来ないようなやり取りをして周囲を驚かせたという（注23）。将来構想を持ちながら足元の課題解決のための具体論を疎かにしないことは、志ある為政者の要諦だろう。

居酒屋三昧

小料理屋や割烹で飲むのも悪くないが、居酒屋で家庭料理風を肴に酒杯を傾けるのが、我が至福の時である。

八丁堀の路地裏に壁いっぱいに手書きメニューをぶら下げた店がある。若いご夫婦が切り盛りしており、献立札の狭間、金銭登録機の上に小学生の図画が画鋲で留めてある。髭面のお父さんも大口で笑うお母さんも、本人そのままだ。

築地で仕入れるのだろう。てんこ盛りの刺身も熱々の焼き魚も塩辛も鮮度に溢れている。ポテトサラダ、揚げたてコロッケ、おから――どれも高円寺が懐かしくなるオフクロの味である。麦酒会社のレトロポスターを見ながら、縄暖簾を出る時は昼間の疲労が和らいでいる。

一本手前の路地に我が社の油を使ってくれる天婦羅屋があった。大分出身の幼馴染みらしいご夫婦の店だった。ご主人は多趣味の才人らしく、画人の名と故郷の街を店名に掛けてあったり、休日の釣果が揚げたてで卓上に載ったりした。

素材が生きた酒肴、抑制の利いた才人の語り、威勢の良いオキャンな合いの手を愛する常連客で繁盛していたが、入居ビルの建て替えを機にご主人の持病進行もあったらしく惜しまれながらの閉店になってしまった。最終日には仲間と連れだって、花束ひとつで狭いお店の大半を占拠させていただいた。或る年、我が年賀状にご子息からの返信で、ご夫婦が相次いで逝去されたとの知らせがあり、帰宅途上お寄りした。二つの真新しい仏壇が今どき滅多に会えないような孝行息子二人に守られており、ご夫婦の閉店後の哀切なる後半生をお聞きした。

東京駅へのメインストリートの一本裏通りに家族経営の店があった。偏りのない客層でいつも席が埋まっていた。比較的広い店だったので四人以上のグループで時々暖簾を潜った。ご主人夫妻とご子息が接客してくれるが、壁面満載のメニューに目を泳がせていると、その日の素材の入荷状況とお薦めメニューを解説してくれる。常連の嗜好などを踏まえていてなかなか〝リライアブル〟である。ある時、我が展示会情報を聞き及び、その次の折にご来観の報告をしてくれた。如才ないのである。

風土を醸す美酒、飾らぬ美味、今・此処の生活感の共有――居酒屋はこの全てを満喫させてくれるところである。

昭和二十年代、父母との外食の記憶はほとんど皆無である。己が糊口のために他人を煩わせる居心地の悪さ、外食は贅沢という感覚が父母らの世代にはあったように思う。この世代の粉骨砕身が今の日本人の恵まれたライフスタイルの基盤を作ってくれたことに想いを巡らしながら――もう一献。

酒飲みの顔

人生四十歳を過ぎたら自分の顔に責任を持てと言われる。それまでは親から承けた相貌が〝モノを言う〟が、それ以降は本人が積み重ねてきた生き様が顔相に重きを占めるということだろう。しかし、酒に対する嗜好や飲酒歴は、その限りにあらずという気がする。いかにも酒が好きそうに見える方が思いのほか下戸であったり、逆に酒など眼中に無いような表情の方が、呑み始めるや斗酒を辞さずといった酒豪であったりする。一方で酒は飲むほどに顔貌、顔色を変えていくこともあるから、興味は尽きない。それを画布に定着させたものも少なくない。

鴨居玲は飲酒が人間の本性を露わにすることを、自覚症状も含めシニカルに暴いている。「私の村の酔っぱらい」も自画像らしき「酔って候」も、内なる繊細を麻痺させ外気に溶出させる画像は、観る者をも陽気な居酒屋から溝板を踏んで迷い込む酔狂を共有させるような誘引力がある。〝安井賞の力〟だろうか。

ロシアの巨匠・レーピンの肖像画はどれも素晴らしく、特に「ユーリヤ・レープマンの肖像」は我が最愛の一つであるが、異色はムソルグスキーの肖像だろう。大作曲家の乱れた髪、アルコール依存症の風情、虚ろな眼は焦点が定まっていない。死の直前に病床で描かれたらしい。画家の描写力はその全貌を余すところなく表出している。会期途中に展示されたのは詳らかでない特別の背景もあったのだろうが、大センセーションを巻き起こしたらしい。

台湾作家・蔡国華の酔った男の像も忘れ難い。太っちょの赤ら顔は鴨居玲のように冷徹でもなく自虐的でもない。レーピンのように生から見放されてもいない。そこには酒楽に浸った至福の時が流れている。

三者とも人が酒にまみえるときにふと露わにする本性を二次元に定着させているが、〝我が酒ライフ〟は蔡国華の世界で過ごしたいと想っている。

小田代原を歩く

ここ数年、夏季休暇は二週間ほど、奥日光・湯の湖のホテルに二部屋確保し、その一部屋に入れ替わりで数日ずつ逗留する長男家族、長女家族、妻の姉妹などと交流するのが恒例となった。我々二人は午前中から昼過ぎまでハイキング、午後は読書三昧、夕食は全員合流という生活パターンで過ごすが、ハイキングは概ね全員で湯の湖、湯滝、戦場ヶ原、小田代原などその日の気の向くまま木道を歩く。湯滝下にコンビニエンスストアが出来、鮎の姿焼きまで含む豊かなメニューをランチ用に揃えられる。赤沼から環境保全バスに乗り、小田代原で降車すれば我が〝お気に入りルート〟である。取っ掛かりは常時、写真愛好者が列を成す絶景である。高原植物が咲き乱れる広大な草原を前景に連山を背にした一本の白樺が立ち上がっている。名付けて〝貴夫人〟と言うらしい。湯の湖畔のビジターセンターには、この風景に魅せられたカメラマンが通い詰めて撮影した四季の広角写真がアルバムになっていた。〝貴夫人〟に後ろ髪を引かれながら木道を辿ると、熊笹の波打つ照葉樹林に入る。

鹿避けの回転網戸を抜け、さらに樹林帯の緑陰は戦場ヶ原へと続く。ハイカーの数は多いが、閑静な自然を求めてくる人が大半で、迎える諸施設も便益提供に徹しており、開発されて久しいが高原地帯の雰囲気がよく保たれている。

「小田代原」（スケッチ）

日本の景勝地の観光開発が進むにつれて至便性と引き換えに喧騒と俗塵の中に個性を失っていく事例が多々見られる。インバウンドの波がゴールデンルートから地域観光に波及していく今、各地の個性を磨き上げて多彩な日本文化を世界の人に満喫してもらえるようにしたい。

黎明の富士

箱根で年末休暇の数日を過ごし、新年は自宅で迎えるようになって五、六年になる。なぜ箱根か——美術館のハシゴと暁の富士を満喫するためである。

大抵の美術館は年末二十七日頃から休館になるが、箱根界隈の美術館はこの時期、興味深い特別企画展を組むところが多い。

初日の往路途次、平塚、三島、熱海などの気に入った企画展を観る。真鶴の中川一政美術館に寄ることもある。中川は気に入らない出来の作品は廃棄処分していたらしいが、その処分を免れて家族の手元に残されていた作品の特別展示などという珍しい企画が行われた年もあった。二日目以降は、テーマ、天候、疲労度を考えつつ、成川美術館、ポーラ美術館、彫刻の森美術館、岡田美術館などを回る。

朝は四時頃から窓辺に寄り、本を読みながら〝時〟を待つ。空が白んでくると湖水も鉛色から藍に変わる。日の出が近づくにつれて、空が紫、茜色、そして遂にはセルリアンブルーになる。それと共に雪の富士はほんのり薄いピンクから茜、オレンジと変幻し、白銀の稜線が紺碧の空を画する頃には湖面に漁の船人の往来が航跡を描いている。このきっぱりと単純極まる山容と太陽系の営みによる変幻極まりない色彩を絵に定着させることは素人の手に余る。端《はな》から断念し、毎朝六十分の天然ショーを特等席で楽しむことにしている。

道路事情などが〝箱根駅伝バージョン〟になる前、三十日には小田原に降りて蕎麦屋の二階で、蒲鉾をつまみに一合徳利を空け、年越しの田舎蕎麦で打ち上げ、新幹線で帰途に就く。美術館の図録などを眺めながら、得意の豆きんとん作りに忙しかった父の十二月三十日の姿などに想いを巡らすこともある。

「壺と蕪」

日刊紙には小さな展示会やローカル・イベントが密度高く紹介されるコラムがある。時にそれらの中のごく小さな写真が我がアンテナに引っ掛かることがある。早川俊二の作品にもそうした経緯で遭遇した。神田の小さな画廊は濃密な空間だった。壁面には静謐な空間に置かれた静物、無限の時空から立ち現れる女の像が並んでいる。単に静物や女性がテーマになっているのではなく、時空と静物、時空と女性の関係性が描く対象になっていると観じた。背景は単なる空間ではなく時間を包摂している。そう感じさせるのは独特のマチエールと背景スペースの大きさのせいである。ビッグバン以来の百五十億年の時空の営みの結果としての物や人間が描出されているように想われる。

二度目にその画廊での個展を観た折に、八号の「壺と蕪」を購入した。

二〇一五年六月、早川俊二・巡回展の折に画家からの依頼で「壺と蕪」を貸し出した。展示会は「早川俊二の世界――遥かな風景への扉」と謳われていた。画家の想いを確かめてはいないが、宇宙誕生以来の時空の営みが画布に籠められているとすれば、それは壮大なるロマンを帯びた旅の記憶であろう。柳澤桂子は『生きて死ぬ智慧　心訳・般若心経』（注24）の中で「是諸法空相」を次のように〝心訳〟している。

「あなたも宇宙のなかで粒子でできています　宇宙のなかのほかの粒子と一つづきです　ですから宇宙も『空』です　あなたという実体はないのです　あなたと宇宙はひとつです」

早川俊二の静物画を見ているとモランディを想いだす。陶器など身辺のモノが題材であること、モノトーンの色調、静謐感が画面を支配していることなど共通点が多いからである。しかし創出される世界は全く異なっている。モランディは複数の陶器の形体、色、配置の組み合わせによりモノ自体の在り様を追求している。背景はモノ自体を表出させるためのバックであり、両者の交流は意図されていない。

一方、早川の静物画には陶器や珈琲挽きなどの傍らにしばしば物語性を色濃く宿す貝殻や蕪などが配される。それらのモノとモノの間で、モノと背景の間で呼気、吸気の往還があることを感じさせる。

さらに踏み込んで勝手気儘な想像力を逞しくすれば、モランディの世界の底流にはモノ自体を観察者からも切り離して客観的に把握しようとする西欧的合理精神があり、「早川ワールド」には観察者も含んで全時空を丸ごと把握しようとする東洋的・仏教的思念が地下水脈になっているのかもしれない。

二〇一五年六月、長野市北野カルチュラルセンターの無表情で天井の高い一階の空間は早川俊二の世界を現出するに相応しい空間だった。作品の枠を超えて時間を包摂した空間が広がっており、他の鑑賞者を意識することなく、静謐な観想に没入することができた。善光寺参りや観光客の往来止まぬ喧騒の世界を抜け、新幹線での帰途、缶ビール片手に画集を開いて余韻を愉しんだ。

二〇一六年三月、「壺と蕪」は我が家の居間の定位置に戻った。「時間を包摂した静謐な空間」とはいかないが、それでも三寒四温の日々の外光に合わせて表情を変える。花冷えの曇天の夕べ、陶器はズッシリと重量を増し蕪の付け根部分は影を濃くする。出窓から陽光射し込む桜便りの朝には壺のイエローオーカーも根菜の根付の淡紅、薄緑も鮮やかに映える。初夏には窓外の緑陰を映すはずである。無論グレーの背景はその時々の「空相」を見せてくれる。

「おはようございます」―「ありがとうございます」

毎朝一時間のウォーキングを日課にしている。降雨の時は新聞配達の出で立ちで、夏季には給水のペットボトルを携行する。花見川沿いの我がウォーキング・コースは、一月の水仙、四月の桜、菜の花が終われば新緑、その緑が深まる頃に野ばらの白が河淵の水面に映り、食用蛙が哭く頃の紫陽花、釣り人が疎らになる頃には紅葉と四季の移ろう姿を満喫させてくれる。

或る夏の朝、川沿いの緑陰から団地への道に入ったところで、向こうから軽装のオジサンが買い物袋を提げてやってきた。二メートルほどまで近付いたところで向こうから声が掛かる――「おはようございます」。こちらも応えて「おはようございます」。すれ違いざまに再び向こうから「ありがとうございます」。虚を突かれたこちらは返す言葉も見出せず、そのまま離れて行く。一瞬、〝鳩の豆鉄砲〟気分であったのが、じわりと何とも言えない〝ほのぼの気分〟になる。その情感の依って来るところを我が心の内に探ってみるが、生まれてこの方味わったことの無い仄かな好い気分である。それ以来何度となくその方から同様の挨拶を頂くが、先方の「ありがとうございます」に黙礼を返すばかりで返す言葉が見つからない。なかなか気持ち良いやり取りなので、第三者に試みてみようかとも思う

「紫陽花の道」F20号

が、これができない。挨拶習慣とは慣れ切った枠から抜け出し難い不思議なものである。その方にお会いした日は、四季の自然に触れた時と同様に、爽やかな気分が一日中継続するのである。

古カンバスの効用

油彩画仲間でときに話題になるのは、だんだんたまってくる自作の扱いについてである。住まいに専用の物置スペースを造った人、自分の部屋、子供の部屋の収納に構わず押し込む人、マンションの一室を確保している人など様々な苦労をしている。

私は〝あんたが死んだら全部ゴミ。万が一にも欲しいなどと言ってくれる人がいたら、即もらってもらうように〞との妻のご託宣に従っているものの、そのような心優しい方は多くないので、我が家の空いている全ての壁面に掛け、あとは狭小なアトリエの収納スペースに押し込んであるが、最近、新たな方法を見出した――再利用である。名のある画家の回顧展で彼が貧しかった頃、一枚の画布に二度描きし後世の研究者がX線解析により塗り込められていた最初の作品を再現してみせたことがある。そのような〝名誉なる暴き〞に遭う懸念が全く無い我が拙作群の中に、どう見ても人目に曝すに値しない厚塗りの一部分が次作の背景に効果がありそうに思えた。試してみると面白いマチエールが得られた。旧作の大皿の円弧が備前焼を描いた新作の背景に微妙な効果を齎した。それ以来、一石二鳥の古カンバス再利用に励んでいる。

想えば、終戦直後の物資不足の時、米糠の糠床や敷居磨きへの利用、子供のかくれんぼ遊びに使われた空き缶から、トイレに置かれた八つ切りの古新聞紙に至るまで日本人の暮らしは再利用の工夫が溢れていた。昭和の暮らしには〝もったいない精神〞が脈打っていたが、バブル期の浪費社会の中で我々は良き習慣を失ってしまっている。

バッハ無伴奏チェロ

新聞のコラムの青木十良《じゅうろう》の記事が切っ掛けだった。九十四歳の現役チェリストがバッハの無伴奏チェロ全曲の演奏に取り組み、その一部がリリースされ、評判になっているという。早速四、五、六番のCDを聴いてみた。入魂の吹き込みであることが、息遣いからも伝わってくる。評伝を読んだ。バッハ自筆の譜面は無く、いくつかの写譜をもとに演奏するらしい。譜面に作曲者の創意を読み解き、それが読み取れないときには作曲家の胸奥を想い、対話を重ねながら曲想をどのようにひきだすか練習を重ねるらしい。七十歳にして「バッハがほぐれて」きて、九十歳で「バッハが分かってきた」という（注25）。それ以来、カザルスを聴き、堤剛、古川展生、ミッシャ・マイスキーのコンサートに赴き、若手の全曲演奏も聴いてみた。同じ曲が弾き手によりこれほど違う輝きを齎すのかと、あらためて音楽の底の深さを認識した。

エリック・シブリンの著書の中でマイスキーのバッハ評を読んだ。「チェロ組曲」は大きなダイアモンドのようなものだ。いろいろ違ったカットが施されているために、それだけいろいろ違った風に光を反射する。」「バッハはバロック音楽の作曲家だと決めつけてしまうのは、まさに天才に対する冒涜だ。……（中略）彼の音楽は、いかなる時、いかなる場所にも属さない」（注26）

いつの頃からか、画架に向かう時はＣＤ四枚をエンドレスで流すようになったが、その中には必ずバッハの無伴奏チェロ一枚をセットしている。

権鎮圭と戸嶋靖昌

二〇〇九年秋、竹橋の東京国立近代美術館で権鎮圭《クォン・ジンギュ》の彫像を初めて観た。彫刻家が清水多嘉示に師事していた武蔵野美術学校（現在は武蔵野美術大学）との併行開催による本邦初の個展であった。

二十年余り日本に住んだ韓国人で没後二十余年を経た現在、韓国近代彫刻における孤高の先覚者として評価の定まった人だという。

立方体の石塊から彫り起こされた人馬一体の「騎士」、粗削りな中にも豊饒を感じさせる裸婦像、意志力が造形されている「男性頭像」などなど、印象的な彫像が並ぶ。その中で我が胸奥に最も深く染み入ってくるのは、やや面長な頭部が細く長い項となり、撫で肩の胸部が支える美しい胸像群である。一九六三年の「少女胸像」にその原型が作られているが、面長な頭部と項までで撫で肩は付されていない。

一九六七年から七〇年に簡潔な形態の完成形が集中的に制作されている。「春葉尼」「志媛」「愛子」「宣子」「常慶」「禮善」「自刻像」「比丘尼」などである。

髪型がシンプルになり、やがて消える。肩に掛かる衣装も簡略になる。正面から観ればシンプルな形態の中で表情の精神性が一層際立つ。真横から観ると後頭部から項、背面に流れる曲線が簡潔に美しい。背面からは卵形の頭部、真っすぐに細い項、そして台形の撫で肩に至る。全てを削ぎ落とした精神性溢れる胸像から時空を超えた静謐が伝えられる。


二〇一五年十一月、スペイン大使館で戸嶋靖昌の油彩画を観た。

有彩色をもってしては余計な情緒が兆し、本質が見えなくなってしまうということだろうか。かりんも風景も老女も男も、黒い筆致が圧倒的な密度で重ねられ、その深奥から深い呼気を伴ったいのちや、重ねられた時間や、時空の深みや、まなざしの奥に潜む堆積されたものが、直に観る者の内側に押し入ってくる。その力の源泉を執行草舟は「孤高のリアリズム」（注27）と言う。このストイックなリアリズムに徹する動機を戸嶋の言辞が表出している。曰く――

「老女の背後にある〝時の重さ〟を表現したい」「生命の力線を構造化したい」「深さは華麗なものより最後には雄弁です」

この剛直なまでの実践が、凡俗の鈍い心にも何事かを響かせてくれるのだろう。

戸嶋は武蔵野美術学校で当初、彫刻科に在籍し清水多嘉示に師事していたという。戸嶋と権鎮圭はお互いにその創作力を認め合っていたらしい。

余分な要素を削ぎ落とすことを重ねてシンプルで静謐なフォルムを作り上げた韓国人彫刻家と、スペイン・グラナダの地で表層を突き抜けるリアリズムを貫いた日本人画家が、ブールデルの流れをくむ教室で、交流し影響しあっていた。

戸嶋の言う通り「深さ」は国境も人種も領域も一瞬にして超える力を持っている。

白鷺も燕もいなくなった

晩冬から早春の未だ明けやらぬ頃合いに我が家を出て歩き始めると、花見川沿いに降りる頃、辺りは明るくなり始める。ほとんど流れの無い川沿いを柏井橋から弁天橋に辿って行くうちに、音も無く白鷺の群れが追い越していくことがある。三、四羽のこともあれば、二十羽ほどのこともある。川上の印旛沼辺りの餌場に行くのだろうか――渡りのように一羽を先頭に矢じり型を形成し、水面すれすれを滑るように移動していく。静まり返ったダークグレーの世界を純白の鳥影が音も無く飛翔していく。

遭遇の回を重ねるに従い、こちらも折り返し点のベンチで寒さに耐えながら待ち受ける

——期待通りに現れた時は特等席での一大ショーとなる。毎年この時期の密やかな愉しみであったが、ここ一、二年滅多に遭遇しなくなった。餌場が変わったのか、彼らの生息条件そのものが消失しつつあるのか。

初夏には近くの団地商店街の軒下には、例年燕が巣作りし子育てをしていた。親鳥が帰巣するたびに幼鳥の鳴き声と顔いっぱいが嘴になってしまう姿を、通りすがりに嬉しく眺め上げていた。商店街のシャッター街化と歩調を合わせるように最近は、この風物詩も見られなくなってしまった。

田園風景の後退と共に彼らの生息条件が厳しさを増しているのだろう。

首都圏居住者ながら、昭和二十年代の高円寺で喬木に巻き付く青大将に触れ、四十年代の千葉市郊外で栗鼠を垣間見た経験を持つ世代として、半世紀の間、地球環境保全に向け何の努力もできなかった我が身を反省しつつ、トランプ政権のパリ協定離脱に異を唱えることくらいはしていきたい。

オイルパス、彼我の差

島根に住む息子の子供達への誕生日プレゼントには、毎年苦慮する。「また、本かあ」などと言われないようゲームや教材を漁るが、概ね彼らの期待にはそぐわない。ある年、伊東屋の画材売り場でオイルパスを見つけた。店員さんに訊いてみると柔らかく、体温で更に軟化するが、小学校高学年なら使いこなせるだろうと言う。フランス製の十五色入りをプレゼント包装してもらう間に、ふと思いついて自分用に同じものと、日本製のやや硬めのものを購入した。

使ってみるとなかなか面白い。下書きにも使えるし、ナイフで描いた後、細部を整えるにも便利だ。興に乗って熱が入ってくると、指にこびり付いて、なかなか落ちない。嫌だなと思っていると、日本製品にはプラスチックの角筒が数本添付されており、これに挿入して描けば指は汚れない。使用前後には外箱の開閉をするが、日本製には指を掛けやすい切り込みがある。切り込みの無いフランス製は開けにくい。ひょんなところから日本人の細やかな心配りに遭い、ひとり頷いた。しかしこれは〝オトナの感覚〟である。

我が心配りは不十分で、島根の六年生は柔らかな画材を使いきれず、今年のプレゼントも不発に終わった。

我が幼少期、父が特別の想いを込めて買い与えてくれた、世間のものとは一味違うものが大概、我が意に沿わなかったことを懐かしく想い出しては苦笑している。

一合・一万歩・十五作

十余年前、心筋梗塞のカテーテル手術で生還して以来、晩酌は一合止まりと決めた。それまでは三合以上飲んでいたので、当初は物足りなさが残ったが、身体の適応力は素晴らしく、最近は規定量の六割くらいでほろ酔い気分となり、徳利が空になる時には、満ち足りた気分になっている。一年を通じてこの飲用スタイルを守っているが、多少はオマケがつくこともある。口開けのビール一杯、升から受け皿に溢れた分は、〝カウント外〟にするのである。左党らしき主治医の先生も、この飲用スタイルなら〝百薬の長〟と太鼓判を押してくださる。

四十年来、一時間の早朝ウォーキングを日課としている。現役時代は、夜明けの早い春・夏には出勤前に自宅周辺の川沿いを、夜明けの遅い秋・冬には皇居廻りを我がホーム・コースとしていた。雨天の時は、大手町で地下道に入り、御幸通りや国際フォーラム付近の地下を通って八重洲側に抜けると、雨に濡れずに四十～五十分は歩ける。定時に定点を通過していると、見覚えのある顔もできる。

いつものお顔になかなか出会わないと、風邪でも引いたのかしらなどと、誰とも知れぬ他所の方に余計な心配をしていたりする。目標があると速度も維持しやすいので、歩き始めにすぐ前を行く方をその朝のターゲットと手前勝手に決め込む。我が速度に見合うのは大概女性である。コース内に唯一ある祝田橋の信号の変わり目にターゲットの方が差し掛かったりすると、こちらも慌てて速度を上げる。傍らから観たら、ストーカーの風情かなあなどと思いつつ。


週末には必ず四、五時間イーゼルに向かう。バッハの無伴奏チェロなどをかけっ放しにして油彩画に取り組む。仕事など他事はすべて脳髄から消え去る至福の時である。三点ほどのタブローに順次加筆すると、たっぷり半日は経過してしまう。

一週間後に乾くのを待って、続きを描く。このサイクルで年間十五点ほど描きあがる。その中から何とか人目に耐えられそうだと思い込めるものを、年二、三回の展示会に出展する。

週一回の満ち足りた時間と、年数回の自己顕示欲充足が、精神衛生に貴重なことと愚考している。

一日一合、一万歩、年間十五作が、我が心身の〝健康の素〟になっている。

国境なき医師団

数年前、長らく支援している国境なき医師団（ＭＳＦ）・日本の説明会に赴いた。組織としても初めての試みらしく、質素な事務所ビルの小さな会議室に七、八人の支援者と組織スタッフ数人の会であったが、中身は感動的な内容だった。責任者による謝辞と組織活動の概要説明の後に、お二人の経験談が披露された。お一人はエボラ出血熱対策の現地報告だった。疾病拡散の予測に関する国際社会の初期判断ミス、感染防止策の難度、感染急拡大への体制作りの遅れなど困難極まる環境下での諸活動は、部外者の想像をはるかに超えるものであった。会議室に持ち込まれた感染防護服は宇宙飛行士を連想させる。

二人目の方は、三度目の応募でＭＳＦへの参加を許されたのだという。誇りを傷つけられそうなステップを乗り越える強靱な意志と志の高さに、我がふやけた日常を恥じた。

私が参加した三回目の報告会は、軌道に乗り始めたらしく、体育館に数十人の支援者が集まり、会場後部には応急治療器具一式の梱包見本、簡易手術台、栄養不良児童診断の小道具、試食用栄養剤、エボラ出血熱感染防護服などなどが展示され、説明内容が実感できる工夫がされていた。常識とは桁違いの数の手術を熟した後、桶一杯の〝シャワー〟で一日を終える若い女医さんの話も伺った。体育館は閉鎖された小学校の施設で経費節減の精神が貫徹されている。この説明会でMSF日本代表から紹介いただいたレネー・フォックス著『国境なき医師団』（注28）を読んだ。ギリシャMSFの除名と復帰、ノーベル平和賞受賞の在り方、アフリカでのエイズとの闘いなどを通じて練磨・形成されたMSF精神を深く理解できた。

「リスク視点から他団体が行かないからMSFが行く」「討議の文化」「自己反省と自己批判の文化」などなど、深い倫理観と徹底した合理性に裏打ちされたMSF活動に寄り添った支援を続けたいと想っている。

松居慶子

ジャズは我が嗜好範囲の外であるが、ある朝テレビから流れるピアノ曲に惹かれ、以来、松居慶子のピアノソロが我が油彩画制作の折の伴侶の一枚となった。その頃、出張中のモスクワのホテルで朝食を摂っていると〝Deep Blue〟が流れてきた。翌週からの現地でのコンサートを控え、BGMとして使われていたらしい。日本よりも海外での評価が先行したという。どの曲にも時空を想わせる広がりが好ましいが、時に胸奥を突いてサッと翻る高音に忘れ難いものがある。

平成二十九年（二〇一七年）、デビュー三十周年記念コンサートが銀座・ヤマハホールであった。吟醸酒をこよなく愛する酒豪と共に慌ただしい酒盛りを済ませて、初めての生演奏に駆け込んだ。熱心なファンの顰蹙を買いそうな滑り込みであったが、三十年来の固定ファンばかりの様子で我々も即、濃密な熱気に包まれた。ピアニストの人柄を想わせる大らかな語りが、その熱気を弾けさせずに密度に変換しているように想えた。

その週末、画架に向かいながら手持ちのＣＤでコンサートを反芻したが、やはりピアノソロ・バージョンで、高音が翻ってサッと身を隠す――その一瞬こそ〝松居慶子〟だと愚考している。〝酒豪〟にもあの高音は響いたらしい。次回の酒席は〝松居慶子・談義〟になるだろう。

〝夜目、遠目、ホテルの中〟

古来、美女と見紛う条件として「夜目、遠目、傘の中」と言われる。確かにおわら節、花笠音頭の女踊りの笠姿や、川瀬巴水の錦絵に見られる雨傘姿には、見え隠れする頬から下顎の線が、隠れた目鼻立ちの美形を想わせる風情がある。

我がウォーキング・コースの川沿いは仲秋から晩秋の暁時、しばしば濃霧が発生する。その中からよく見かける若い女性ランナーの紅い靴が見え、やがて目深に被った帽子と顎の線が見えてくると、末尾のフレーズは「霧の中」も良いような気がする。

最近、長年の眼疾に加え白内障の症状が重なって、暗所での視力が弱ってきた。黎明時や夕闇は予測できる自然現象なので、それなりの心算をしているが、困るのはホテルである。高級感やオシャレ感覚を売り物にしているところほど、照明が薄暗いのである。エレベーターや廊下では他の方にご教示いただけば良いが、部屋に入った途端に苦行が始まる。カード・キーの挿入場所が分かりにくい。ドアノブ横の屋外指示表示ボタンの文字が判読できない。水栓の表示が豆粒みたいで色も識別できない。備え付けの洗剤ミニボトルの種別が読み取れない。セーフティ・ボックスは概ね照明の届きにくいところにあり、定例ボタンの周辺を試行して中りを付けることになる。美女と見紛うのは楽しくもあるが、周囲の環境を見紛う我が要因は、末尾のフレーズが「ホテルの中」となる。

終戦後の昭和二十年代には頻発する停電の中でマッチや蠟燭を手探りで探したが、平成の今、高層ホテルの窓外の美しい夜景を見て、苦笑しながら室内を手探っていたりする。

車内百景

昭和晩期の頃だったように思う。日本在住の欧米人の方に日本人男性の電車内行動に首を傾げられた――曰く「いい歳の大人が漫画やヌード雑誌などを広げて恥ずかしくないのだろうか」。米国などではすでにセクハラ概念は確立していたのだろうが、反面、彼らの建前と本音の乖離の場面にも遭遇した経験も踏まえれば、格好いいとは言い難いが自然体もマアいいではないか――と思っていた。

近頃、圧倒的な車内光景は携帯、スマホへの熱中である。昭和の光景では、その雑誌を覗き込むのを避けてみたり、漫画本を胡散くさそうに見やったり、様々な反応ながら何らかのコミュニケーションにより、乗車時間が共有されていた。平成の車内は一人一人が異なる空気を纏い、個人ならぬ「孤人」が物理的に近接しているだけに見える。グリーン車で通っていた頃、我が乗車駅の次で必ず定時に乗り込み、最前列の窓際に着席するや化粧に熱中する女性がいた。周囲の雰囲気は彼女に何の影響も与えない。彼女も「孤人」としてその座席空間を使用しているだけなのだろう。

数年前、人事グローバル化の一環で、東京の通勤電車を利用し始めたフランス人が、混雑時にも列を乱さず順番に乗降する日本人（彼は関西は未経験である）を見て感銘していた。さらに彼は、事務所内のエレベーターを降りる人が時に、「閉」のボタンを押しながら降車することに驚嘆していた。無言の中にルールが共有化され、乗り続ける人への配慮が伝わりそれを是とする人ややり過ぎと思う人への小波を通じて、同乗者間のコミュニケーションが行われている。エレベーター利用者は日常を共有する人が多いから、電車内よりこの種の意思疎通が濃密なのだろうか。『サピエンス全史』の著者エヴァル・ノア・ハラリ（注29）は人類が「言葉を使って想像上の現実を生み出す能力のおかげで、大勢の見知らぬ人同士が効果的に協力できるようになった」ことを人類の飛躍の要因のひとつに挙げている。

藤原新也が『東京漂流』（注30）以来、日本社会の底流の変化を析出させてきたように、暮らしの表層に顕われている現象は、我々が考えている以上に日本人の真核に起きている変質に根差しているのではないか。

昭和の時代、「孤人」は存在しても極めて少数派だった。平成になり「孤人」が増え、また個人が「孤人」になる局面が確実に増えている。この流れを止める人づくり、人間教育が必要である。

「天満敦子 in 無言館」

十余年前、ＮＨＫテレビの美術番組で観たのだと思う。窪島誠一郎が野見山暁治と共に戦没画学生の遺作を展示する美術館「無言館」について報じられていた。長野県別所温泉への途次、上田からタクシーで立ち寄ってみた。雑木林の奥に建つ高い三角屋根の教会のような建物の重い扉を押すと、天井が高く柱の無い薄墨色の濃密な空間が広がっていた。ポツリポツリと壁際に佇む人影が見える。微かに洟をすすり上げる音がする。取っ掛かりの絵は若妻らしき肖像画である。家族らしき群像もあるし、風景画もあるが、女性像が断然多数を占めている。多くの作品に簡潔な解説が付され、中にはその作者や作品に纏わる遺品や書簡などが展示されている。我が脳裏に焼き付いて離れない一作がある。妊娠中の若妻を描いている最中に召集令状が届く。復員後、必ず続きを描くと言い置いて戦地に赴く。一子誕生の報が届いた時、彼は戦死していた。創作途中の作品はそのハガキと共に展示されている。

以来、信濃デッサン館（二〇一八年三月一日をもって無期限休館）の企画展や別館・槐多庵開館などの折に三度ほど訪れているが、今夏〝もう一度〟という切っ掛けがあった。天満敦子が館内の音響効果を評価し、毎年演奏会が開かれていることを知った。彼女の十八番である「望郷のバラード」は戦禍で囚われの身となった作曲家の望郷の念を謳いあげた曲だ。これほど無言館の趣旨に重なり合う曲は無い。早速泊まりがけの塩田行を考えたが、間が悪かった。NHK大河ドラマの影響で週末の上田周辺の宿泊手配が容易でないらしい。諦めてCD「天満敦子 in 無言館」を聴いている。天満敦子言うところの音響効果が、素人の耳にもよく分かる。来年は必ずや現場で聴いてみたいと想っている。

女性の活躍

昭和四十年代、事業部門には仕事に熱心な女性が多かったが、その中でも数字に強く周囲からの信頼が篤い方がいた。ある時、部門長が彼女の作成した資料を使って、経営会議で重要案件のプレゼンテーションを行い、無事決裁を得た。その旨、部内報告があり関係者は重要事項の進捗を喜んだが、彼女は資料中の数表に検算ミスを発見した途端に泣き崩れた。決裁結果に何ら悪い影響は無かったのだから周囲は驚き慰めたが、彼女の仕事に対する責任感とプライドが赦さなかったのである。

昭和五十年代、冷凍食品事業では小売業の年二回のショーケースの棚替えに合わせてメーカーは新製品の開発・導入を図った。当時、女性の仕事は補助職業務が主体であったが、意欲のある方には開発テーマを持ち、研究部門、生産部門のメンバーとのプロジェクト・チームを主導してもらった。学歴よりも意欲とテーマ推進力のある女性が新製品の市場導入にこぎ着け、ヒット商品も生まれた。

昭和六十年代、女性秘書の中にもスケジュール管理に止まらず、役員からの主旨説明のみで、その内容として相応しい資料を集め、ビジュアルにも分かりやすいプレゼンテーションにまとめ上げる有能な方が育ってきた。結婚後、配偶者の海外転勤に同伴し、育児のこともあり会社を退職した。これを機に当社でも遅ればせながら育児休暇後の再就職制度など関連制度の充実が図られた。

昭和の時代には、こうした活躍で成果を挙げた女性を処遇する制度が極めて不十分であり、さらには社会全体として性別による分業の観念が職業における男女平等・機会均等を著しく損なっていたことは明白である。近年女性の社会進出を促進する企業内の制度改定、社会の仕組み作りが、労働人口の不足や老齢化の進行を背景に漸く動き出した。

V字谷、源泉かけ流し

年に一度、日本と台湾の観光事業に携わる方々が一堂に会して、相互の観光需要開拓のための情報交換、企画検討の会議が開かれる。隔年で双方の地で開催されるが、今年は四国四県の共同開催となり、各県の代表的な温泉地を回った。二日目は徳島・祖谷温泉泊であったが、投宿した老舗の一軒宿はなかなかに風趣豊かな宿であった。深い渓谷沿いの深緑のトンネルを数十分揺られて、宿の前に降り立つと出迎えのご主人が、見上げる山中の切れ目のカモシカの姿を教えてくれた。通された部屋の一郭のガラス張りの風呂は、カモシカが見えた辺りのＶ字谷の急峻な緑に向け、開け放たれていた。

翌朝、この宿ご自慢の谷底の温泉に出掛けた。先々代が敷設したというエレベーターに向かう。乗客は我ひとり。ボタンを押して車内音声に従い十五人ほど乗れる車内の最前列に座る。五分ほどで三十八度の源泉かけ流しの硫黄泉の滑りに身を委ねる。急斜面の緑陰、涼やかな渓流、渓谷を渡る爽風の余韻を想起しながら、朝食に添えられた蕎麦の実の味噌汁は格別だった。

半世紀前、質素な四国周遊の途次、二間続きの畳の宿に一泊した折、谷あいの村の鄙びた夏祭りの踊りを見物し、渓谷に渡された「かずら橋」を不器用につたわり歩いたことを想い出した。

〝別宅〟の住み心地

「人生百歳時代」と言われる日本の老齢化社会にあって、終末期を如何なる環境で如何に過ごすかは、自らの生き方を問われる人生最後の課題であろう。

自活が難しくなった時、誰の世話になるか。医療介護環境の整ったところに移り住むか、住み慣れた自宅で終末を迎えるか。

自立型の介護付き老人ホームを確保した。週一度程度の滞在から始め、身体状況に合わせて自宅からホームへ生活基盤をシフトしていくつもりである。〝隙間風〟住宅と気密性高い機能型集合住宅、平屋〝目線〟と高層階眺望、自炊と食堂給食、老若世代交流と老老付き合いなどなど、異種のライフスタイルが、なかなか刺激的で面白く、一週間後の〝別宅生活が心待ち〟になってきた。

その陰には従業員の方々の支えがある。入居直後には秋季展示会があり、新参者の私も油彩画二点で自己顕示欲を満たした。その後もミニコンサート、〝寅さん〟の映画上演、落語会、餅つき大会など季節に合わせたイベントが盛り沢山で〝参加し切れない〟らしい。こうした催事や趣味のクラブ活動などを通じて〝顔見知り〟や生活時間を共有するグループなどが職業中心の前半生とは一味違うライフスタイルを創りだしているらしい。こうした新たなコミュニティは老人ホームに限らない。過疎化が進む地域で、水車など小水力発

「スカイツリー、富士を望む」(スケッチ)

電を切っ掛けとして活発化した農村、都会の学童の自然教育を中核とした島おこしなど新たな地域社会の試みが、「消滅する地方」の打開策を提示しつつある。

家族、〝向こう三軒両隣〟のゲマインシャフト社会から機能一点張りのゲゼルシャフト社会となり、東日本大震災やデジタル文化の浸透を経て、今一度、コミュニティの大切さが再認識され始めたのだろうか。老齢化対応の中でその兆しが本流となれば、日本が世界に向けて新たなライフスタイルの提示ができるかもしれない。

長等町立三橋節子美術館

平成三十一年（二〇一九年）に、大津市の龍谷大学を訪問した帰途、数十年前に梅原猛の『湖の伝説―画家・三橋節子の愛と死』（注31）で知った地元出身の日本画家・三橋節子の美術館に立ち寄った。没後四十五周年の特別企画展で、小規模ながら密度の濃い展示会だった。

日本画の顔料のことはよく分からないが、油彩ではビリジャンとレッドマダーのような補色関係の二色を混ぜると黒になり、配合により赤みを帯びたり、緑掛かった黒になる。赤みの黒にホワイトを混ぜれば赤みのグレーになる。節子の初期の野草などの背景にはこの赤み掛かったグレーが多用され、後々まで節子の基調色になっている。温かく自然との親和性が観る者にも心地よい。

テーマは一貫して地域に伝承される民話と、画家の吾が子や家族への想いが重ねあわされている。子を残して昇天する龍神伝説、猟銃に撃たれたつがいの頭部を抱えて飛び続ける白鳥伝説などは、その典型で、業病で早逝する画家の胸中と重なる。何世代にもわたって湖畔の営みから紡がれた自然への郷愁、係累への想いは、左腕に持ち替えた絵筆に託したい草木への慈しみ、家族への愛惜に連なっている。

遺作「余呉の天女」を観終わるまで他の来観者は無く、画家の深く強靱なる精神に向かい合う濃厚な一時間半であった。町立美術館の展覧会の域を超えた素晴らしい図録が準備されていた。見れば梅原猛、恩師・秋野不矩はじめ周囲の人々の、哀切なる早逝画家の画業を讃える熱き想いに溢れている。出張前にこの美術館情報を提供してくれた秘書嬢に一冊持ち帰った。幼時三橋節子の絵本を買い与えた秘書嬢のお母様は、往時を懐かしみながら見入ったという。暮らしに根差した文化・芸術はこのようにして異郷の人々へ、世代を超えて伝承されていくのだろう。

明治以降、日本の産業社会の発展は農村から都市への労働力移動によって支えられたが、その結果、欧米文化の影響の下、新たな都市文化は隆盛を極めたが、半面、地方文化の継承が行われず、変容・衰退してしまった。その記憶を留めている我々・昭和世代は失われつつある日本の地域文化を次世代にバトンタッチする役割を負っている。梨木香歩の『海うそ』(注32)は、その想いから生み出された文学だろう。

船旅の新しい形

移動先で非日常体験を楽しむのが、これまでの「旅」の姿であった。その意味ではできるだけ早く目的地に着くことが求められ、特急が走り新幹線が発達し、航空機が遠隔地を

「ウォーキング・デッキから」（スケッチ）

短時間で結んでいる。しかし最近は、移動すること自体をゆっくりと楽しむ旅が、観光客を引き付けている。豪華列車やクルージングはその典型であろう。

　欧州滞在時のエーゲ海一日クルーズを想起すると、地中海クルーズも魅力的であったが、難民移民問題に揺れる欧州社会を尻目に〝ゆとり気分〟に浸ることはできなかった。彼岸過ぎるのを待って、〝春爛漫〟を謳い文句にするクルーズに乗ることにした。横浜大桟橋を発し、紀州で桜を愛で、瀬戸内の大橋を潜りながらしまなみ海道を抜けて屋久島に至る一週間の船旅であった。海風爽やかなデッキ上の早朝ウォーキング、スケッチしたくなる寄港地の表情、船内でのミニコンサート、日没・日の出時の煌めく海景など多彩な〝宙（そら）〟を観取し、〝時の流れ〟を重ねることができた。

昭和二十年代、宇野から窮屈な連絡船で四国に渡った夜中、船酔い嘔吐で初めて逗留したお宅の方に迷惑をかけてしまった暗夜が蘇り、我と、我が国の六十余年の変遷を思った。あの時、我は小学低学年、日本社会は敗戦後の窮状から抜け出そうと精励していた。時空を意識しつつ日々の暮らしと我が在り様を相対的に眺めているのも、それなりに不満は無いが、幼き頃、それとは意識することもなく全身全霊で過ごしていたのも、素晴らしかったと、今にして想う。それもこれも戦争無き七十年のおかげである。あとに続く世代に引き継ぐべき社会の要諦である。

カラリストの花・三題

真鶴半島の突端に中川一政の美術館がある。

一階に連なる「駒ヶ岳」「福浦」など海域から頭を擡げた山塊の実在感も素晴らしいが、二階に躍る華と花生に四囲を囲まれた時、我が胸奥は沸き立つ。

向日葵のパーマネントイエローは太陽のプロミネンスだ。葉柄を手折ればポキリと音をたて、水が滴り落ちるだろう。ゴッホのひまわりが秋に向かっているとすれば、中川の向日葵は真夏に咲いている。

　薔薇は紅華も淡紅華も白華も、みんな濃厚な香りを放っている。スペイン壺の男は鋭い刺にやられたような腫れぼったい鼻だ。

　山百合は碧天の下、朱色に弾けた雄しべの先の葯《やく》と溢れるいのちをもって、黙って見詰める青林檎とマジョリカ壺の優男を睥睨している。


　欧州出張の途次、週末にサンクトペテルブルクに立ち寄った。ホテルに常備されているマガジンを何気なく見ていると、アート・コラムに我がアンテナを刺激するカット写真があった。ロシア美術館の企画展の案内で、「ロシアのゴッホ」と言われるアロン・ブック展である。エルミタージュ美術館の帰途、覗いてみた。展示室への短い回廊両側に静物画が展示されている。鮮やかな色彩と荒いタッチというフレーズにしてしまえば、ゴッホに繋がることになるが、追求されているものは全く別物である。

　ゴッホは対象に彼の情緒を投影して把握している。大空に直伸する糸杉は、ゴッホの強い意志の表徴でもあり、ひまわりは太陽の灼熱を吸収した結果物であり、それはゴッホの溢れかえる情熱と重なり合っている。

一方、ブックは対象そのものを深く追い続けている。花の紅色は花の属性ではあるが、その溢れる赤は、葉の緑や背景の暗色とキッパリ隔絶した赤色光線だけを反射した「紅」である。花のフォルムは周囲の空気とは密度の違う部分であり、花生とは異なる物性を持つ確たる形態である。通常の絵画鑑賞の距離以上に画面から離れた時、その密度が齎す存在感をより一層感じ取ることができる。

二〇一八年、静岡市美術館で開催されたヴラマンク展は、これまでになく花を描いた作品が多かった。前半生の傾向から〝フォーヴ〟と呼ばれるらしいが、雪景色も静物画もそれほど観念的ではなく、対象の美しさをヴラマンク的に把握提示したものばかりで、どれもリアルに美しい。花器と多彩な生花は、ヴラマンク夫人によって投げ込まれたものをそのまま画材としているらしい。多様な花弁が多彩に輝く光の部分と黒く縁どられた影の部分のコントラストが空間を濃厚な密度で満たしている。

ダイナミックに揺らぐ中川の大輪、物理的な色彩が存在を確たるものにしているブックの華、自然光を纏って一隅から浮かび出るヴラマンクの花束――カラリストの花は三者三様に美しい。

地獄絵図

美術誌のヒエロニムス・ボス（一四五〇〜一五一六）の地獄絵を見ながら、「地獄」概念の人類共通性を想った。

仏教には六道輪廻の思想があり、伝播経路や宗派により差はあるものの大要は共通要素が多いらしい。生を享けたものは天道、阿修羅道、人間道、畜生道、餓鬼道、地獄道の何れかに生まれる。不善業を重ねたものは地獄道に落ち、八熱地獄、八寒地獄で焼かれ、裂かれ、呻き声を上げ続ける苦悶に苛まれるのだという。そのさまを形象化した地獄絵、地獄草紙など枚挙にいとまがない。「輪廻」概念は特殊なものであろうが、「地獄」コンセプトは古今東西、人類史に遍く普遍的に存在する。人類が創出した概念の中でも最も遍在性の高いものの一つではないだろうか。

しかし、語られ描かれた「地獄」の存在を信じている人は少数派ではなかろうか。それでも地獄絵、地獄草紙が人類社会に遍在するのは何故か。悪事を為すこと勿れという警世か――ボスや輪廻図が説く悪業、不善は誰しも多少の差はあれ〝思い当たる処あり〟だろう。その程度で自分だけ地獄に往くことはないだろうと高を括っているが、「地獄」とは、もっと現実的な思想なのではないか。

人生行路の第四コーナーを回り込むと、ゴール地点が視野に入ってくる。誰しも我が人生の満足度に想いを致す。自分の能力、可能性が奈辺にあるか、自分がその能力を使い、可能性を具現化すべくどのくらい努力したか――どちらについても自分が一番よく分かっているはずである。十分に努力し切ったと言い切れる人もいるだろうが、恐らく少数派であろう。もう少し努力すれば良かったと思う人が大多数だろうか。中には努力不全で天与のタカラを無駄にしたとの反省頻りとなる人もいるだろうか。人生の途上では後半生で軌道修正することができる。最終局面で〝反省頻り〟となれば、暗澹たる想いが心身を疾駆し、「無明」の淵に陥るのではないか――これこそ地獄以外の何物でもない。閻魔大王も地獄門も我が身の内に在る。

その瞬間にもまだ救われる道はある。全ての存在が無自性であり、本来、現成の域にあることに思い至れば、阿弥陀如来の請願の対象となっているのだから、静謐な宙の「一隅」の微塵になれるだろう。それは今までの在り様と変わらない。無自性であるが故に「一隅」に成り切れている――此岸と彼岸の連続性の観取であり、立花隆の「臨死体験」報告にある〝死に対する恐怖感の減殺〟と通底しているのではないか。

ウクライナ生まれのノーベル賞作家、スベトラーナ・アレクシエービッチの『チェルノブイリの祈り　未来の物語』（注33）は、原子力発電所の事故と一党独裁政治の情報秘匿が重なったときの恐ろしさを余すところなく伝えている。それは地獄絵巻そのものであるが、最後尾に語られる消防士夫妻の魂の在り方は地獄をも包摂してしまう強い光を持っており、〝阿弥陀如来の救済〟は、異郷・異教の壁を超え、古今東西遍く行きわたっている――我執を忘れる真摯な時を重ねればよい。第四コーナーを回り込んだ限られた時間なら何とか努力を継続出来そうにも想うのだが……と想う傍から我執、我欲の残り火が残照となっているようでは……やはり駄目か。

古代ローマの哲人皇帝マルクス・アウレリウスは『自省録』に「事物は魂に触れることなく外側に静かに立っており、わずらわしいのはただ内心の主観からくるものにすぎない」（注34）と喝破している。偉大な賢帝の背中を観つつ、真摯な時を重ねようと想い直す。

新しい学生証

二十年来、同友洋画会や会社仲間のグループに参加し、年に二、三回〝自己顕示欲の場〟を持ってきたが、仕事からの完全離脱を機に京都造形芸術大学通信教育部・洋画コースに就学した。

事前説明会では、興味が尽きず七年間も在学した方、週末の昼ご飯の準備はしないとご主人に宣言して修学を完徹した主婦、希望する博物館勤務が叶わず博物館学を修了された地方公務員の方など、最近の卒業生の体験談を伺った。

入学書類に、視力が弱いことを記載して提出すると、折り返し教務課から大学側で準備すべきことの要否の聴取があった。デッサン科目のシラバスに壁面の対象を描く内容があり、近距離でないと細部が把握できない旨を伝えた。

担当教官から窓際の机上に設置する旨、図入りの個別対応の返事を頂いた。

一万人の在学生の七割は仕事を持つ社会人やシニアの通信教育学部の学生だという。大学も老齢化社会に対応する新たなビジネスモデルを構築しつつある。


初めてのスクーリングは牛の頭蓋骨の鉛筆デッサンだった。二十代後半の若い女性から八十代の〝オジサン〟（爺さんには見えない）方まで多士彩々である。

九時半授業開始なので、九時十分頃入室してみると、早、佳境の様相で画架に向き合っている方が何人もいる。指導の合間に自作される教官の手元がスクリーンに大写しになるので、専門家の手業がよく読み取れる。学びたい学生の熱意とその姿勢に真摯に対峙する教官の専門性が教育現場を変えつつある。
同友洋画会での絹谷幸二先生のコメントを想起した――〝好きに描くのが一番〟と、創造性を解き放つ場と枠に嵌めて基本をキッチリ学び取る局面を、メリハリを以て二つながら体得出来るのは、稀有なる喜びである。

カリキュラムは概ね東京の外苑キャンパスで受けられるが、時には京都に赴かねばならぬ場合もある。その際は、観光と組み合わせれば豊かな週間旅行になるだろう――と勝手な胸算用をしている傍から、妻の警告が呟かれる。
〝本人亡き後、片付けするのは私の仕事。残るゴミは最小限にするように！〟

新たな時代に向かって

天皇陛下はご自身のご高齢を念頭にご退位に向けてのご意向を表され、国民の広汎な共感の下、政府は二〇一九年のご退位と改元を決定した。

昭和の時代、日本は、戦後の窮乏・混乱から抜け出し稀にみる経済成長を遂げ、世界の経済大国の一郭を占めるようになった。欧米流の市場経済、合理主義を吸収する一方、日本的思考の良さ、精神性、ライフスタイルなど、次代に継承さるべき中核要素が毀損、喪失されつつあるものもある。

多様な職業の専門性とそれに対する社会的敬意、専門性育成のための複線型教育制度、三世代の家庭環境、相互扶助の思いやりに包摂された近隣コミュニティ、和食文化などは昭和後半から平成にかけて退化、変質してしまった例であろう。

欧米から体得した人権尊重、民主主義、合理精神、科学振興などの基本概念をより一層使いこなし、同時に退化・変質してしまったものの再生・強化を図りながら、新しい日本の精神、文化、人材、社会構造、制度を創造し、人類社会にひとつのモデルを提示したいものである。その全ての基底には「倫理」が無ければならない。

（注1）池内紀著『恩地孝四郎　一つの伝記』幻戯書房
（注2）苅谷夏子著『評伝　大村はま』小学館
（注3）リサ・ランドール著『宇宙の扉をノックする』ＮＨＫ出版
（注4）大島洋著『アジェのパリ』みすず書房
（注5）河北新報社著『河北新報のいちばん長い日』文藝春秋
（注6）佐々木閑著『犀の角たち』大蔵出版
佐々木閑著『仏教は宇宙をどう見たか　アビダルマ仏教の科学的世界観』化学同人
（注7）ネルケ無方著『道元を逆輸入する』サンガ
（注8）山本健一著『劇作家 秋元松代』岩波書店
（注9）米原万里著『パンツの面目 ふんどしの沽券』ちくま文庫
（注10）大築立志著『手の日本人、足の西欧人』徳間書店
（注11）大森荘蔵著『時は流れず』青土社
（注12）道元著『正法眼蔵』岩波書店
（注13）ROBERT HENRI『THE ART SPIRIT』野中邦子訳　国書刊行会
（注14）高野秀行著『恋するソマリア』集英社
（注15）北里晋著『眼の人　野見山曉治が語る』弦書房

（注16）立花隆対話篇『生、死、神秘体験』書籍情報社
（注17）田窪恭治著『林檎の礼拝堂』集英社
（注18）夕雲会編『回想　曾宮一念』木耳社
（注19）香月婦美子著『夫の右手　画家・香月泰男に寄り添って』求龍堂
（注20）立花隆著『シベリア鎮魂歌―香月泰男の世界』文藝春秋
（注21）ジェイムス・リーバンクス『羊飼いの暮らし　イギリス湖水地方の四季』濱野大道訳　早川書房
（注22）ショーン・キャロル著『セレンゲティ・ルール　生命はいかに調節されるか』紀伊國屋書店
（注23）小林照幸著『死の貝』文藝春秋
（注24）柳澤桂子著『生きて死ぬ智慧　心訳・般若心経』小学館
（注25）大原哲夫著『チェリスト、青木十良』飛鳥新社
（注26）エリック・シブリン著『「無伴奏チェロ組曲」を求めて　バッハ、カザルス、そして現代』武藤剛史訳　白水社
（注27）執行草舟著『孤高のリアリズム―戸嶋靖昌の芸術』講談社
（注28）レネー・C・フォックス著『国境なき医師団　終わりなき挑戦、希望への意志』坂川雅子訳　みすず書房
（注29）エヴァル・ノア・ハラリ著『サピエンス全史』柴田裕之訳　河出書房新社

（注30）藤原新也著『東京漂流』朝日新聞出版
（注31）梅原猛著『湖の伝説―画家・三橋節子の愛と死』新潮社
（注32）梨木香歩著『海うそ』岩波現代文庫
（注33）スベトラーナ・アレクシエービッチ著『チェルノブイリの祈り　未来の物語』松本妙子訳　岩波書店
（注34）マルクス・アウレリウス著『自省録』岩波書店

あとがき――表題解題

「花は愛惜に散り草は棄嫌に生ふるのみなり」

（道元『正法眼蔵』「現成公案」）我流解釈は――

花が咲く、人が愛しむ、花が散る、人が惜しむ

草が生える、人が嫌う、――そのように在るだけ。

欧州育ちのネルケ・無方もそのように訳出している。

古代ローマのマルクス・アウレリウスは国境の前線で

無自性に成り切れない人間の「業」に気付いていた節がある。

人間の自我意識は幻想――仏教の中核コンセプトである無自性を

欧州文化圏の現代世代に理解され、古代ローマの哲人皇帝も

その領域を思量していた。

柳澤桂子は「色即是空」を分子レベルから解読しており、

また、ダライ・ラマは量子論に深い理解を示している。

両者に沿い、冒頭フレーズを敷衍すれば——
炭素分子が花に、人に、草に、「極微」となって地に、一瞬一隅。
窒素分子が花に、人に、草に、「極微」となって宙に、一瞬一隅。
いろはにほへと……つねならむ。

著者略歴

山口 範雄（やまぐち のりお）

1943年東京都出身。

1967年東京大学社会学科卒業、同年味の素株式会社入社。

2005年から15年、同社社長、会長。

日本経済団体連合会、日本能率協会、日本観光振興協会、発明協会、民間外交推進協会、和食文化国民会議などに携わる。

一瞬一隅
我が昭和の記憶、平成の記録

2019年12月16日　初版発行

著　者　　山口 範雄
発行・発売　創英社／三省堂書店
〒101-0051 東京都千代田区神田神保町1-1
Tel 03-3291-2295
Fax 03-3292-7687
印刷・製本　シナノ書籍印刷株式会社

ISBN 978-4-86659-094-3　C0095